Fred Haller

Die Chroniken des Physikus

Das große Fieber

FRED
HALLER

DIE CHRONIKEN DES PHYSIKUS

DAS GROSSE FIEBER

HISTORISCHER ROMAN

SüdOst Verlag

Bibliografische Information der Deutschen Nationalbibliothek

Die Deutsche Nationalbibliothek verzeichnet diese Publikation in der Deutschen Nationalbibliografie; detaillierte bibliografische Daten sind im Internet über http://dnb.dnb.de abrufbar.
ISBN 978-3-95587-766-8

1. Auflage 2020
ISBN 978-3-95587-766-8

www.battenberg-gietl.de

Umschlagabbildungen: 123rf.com: Oleskii Koval;
stock.adobe.com; Elena, HiSunnySky

Für meine
wunderbare Katrin

Du bist so bleich, und so düster blühn
die Rosen auf deinen Wangen.
Und deine Blicke flehn und sprühn
wie in zitterndem Verlangen.

O sag mir, woher dieser schwüle Drang,
woher dies Hasten und Beben?
Mich packt es am Herzen kalt und bang,
und ich möchte mit dir leben!

Deine Blicke wirrer und wirrer sprühn …
Ich zucke jäh zusammen:
Die Rosen auf deinen Wangen glühn,
glühn wie Todesflammen.

Emanuel von Bodman

Bevor der Mann die wenigen Stufen zu der weinrot lackierten Haustür seines Stadthauses hinaufstieg, blieb er für einen Moment stehen. Nachdenklich blickte er in die Richtung zurück, aus der er gekommen war. Die Stadt lag ruhig. So friedlich, dass man hätte meinen können, es wäre Sonntag. Doch es war ein gewöhnlicher Werktag, und trotzdem schien das ganze Viertel wie gelähmt.

In der Straße stank es nach Unrat und Urin. Lange schon hatte es nicht mehr geregnet, lange den Dreck nicht mehr fortgewaschen. Den Holzfeuerrauch, der aus den Kaminen einzelner Häuser waberte, empfand der Mann dagegen als angenehm, doch dazwischen drängte sich eine Note, die er seit Wochen nicht mehr loswurde. Ein Geruch, der ihm in die Poren zu kriechen schien. Er vernahm ihn hier auf der Straße, in den vornehmen, wachsgebohnerten Häusern der Salzburger Oberschicht, aber ebenso auf einem Spaziergang an der Salzach. Nicht einmal die frischen Winde konnten ihn forttragen und er schmeckte ihn sogar noch im gesegneten Brocken Brot, roch ihn am frisch gewaschenen Hemd, wenn er es aus dem Kasten nahm und immer noch, wenn er im Badhaus aus dem Zuber stieg.

Dieser Geruch war nicht auszumerzen, nicht abzutöten, denn dieser Geruch war der Tod. Der Tod lag in der Luft. Das Elend lag in dieser stinkenden Luft, davon war Doktor Sandtner überzeugt. In der Ferne weinte ein Kind. Vielleicht weinte es um seinen Vater. Vielleicht um die Mutter.

Im finsteren Treppenhaus sog der längst ergraute Mann wieder die Luft durch seine Nasenflügel. Er stöhnte leise. Zu den Wohnräumen nach oben in den ersten Stock führte eine breite geschwungene Treppe. Er griff nach dem Handlauf, der aus dem gleichen dunklen Holz gefertigt war wie die Stufenbretter, und schleppte sich erschöpft hinauf. Hinter der Wohnungstür wartete bereits die Hausfrau auf ihn, die das Sperren des Schlüssels nicht überhört hatte. Er setzte seine schwere Ledertasche ab, dann ließ er sich dankend aus dem Mantel helfen und gab den Hut dazu.

»Du kommst spät! Wenn du magst, können wir bald essen.«

»Ist Simon denn schon da?«

»Mein Mann, es hat schon das Gebetläuten geschlagen, natürlich ist er längst da!«

»Hm. Bald, meine liebe, bald.«

Der Mann betrat sein Studierzimmer und schloss die Tür hinter sich.

‚Wenn ich mag, dann können wir essen. Übel ist mir, sonst nichts!', dachte er.

Er setzte sich an seinen Studiertisch, streifte die Hosenträger von den Schultern und vergrub das Gesicht in seinen Händen. Mit den Handballen rieb er sich die müden Augen, dann öffnete er die rechte Tür seines Schreibtisches, griff nach der Flasche Branntwein und füllte das Glas reichlich.

Obwohl das Fenster noch helles Tageslicht auf die Tischplatte warf, lag der Raum bereits recht dunkel, was auf die Holzvertäfelungen an den Wänden zurückzuführen war, die über Haupteshöhe hinausreichten.

Im Regal zu seiner Linken standen wertvolle medizinische Bücher, auch Abfassungen über Theologie und philosophische Werke. Auf dem Brett darunter eine ganze Reihe von dünneren Heften, in die er selbst hinein schrieb. Darin notierte er seine Erkenntnisse, Methoden und Beobachtungen zu verschiedenen Krankheitsbildern. Thematisch einsortiert dokumentierte er dazu Patientendaten, Behandlungsmethoden, Verabreichungen und Heilungsverlauf.

Seine systematische Vorgehensweise zu praktizieren, zu beobachten und zu analysieren, hatte ihn zu einem erfolgreichen und angesehenen Arzt werden lassen. Man hatte ihn schließlich für das neue Amt des Stadtphysikus vorgeschlagen und ihn in der Räteversammlung einstimmig berufen. Über viele Jahre galt er als erste Adresse in der Diagnostik und wirksamen Behandlung.

In dieser schweren Zeit nun lag große Verantwortung auf ihm. Die Eindämmung der Epidemie wurde in seine Hände gelegt und doch rätselte er ebenso wie viele seiner Zunftkollegen, was nur die Ursache für das große Sterben sein könnte.

Mit großer Akribie suchte er Gemeinsamkeiten der Betroffenen in Alter, Berufsstand, Lebensumständen, Religion, Körpermerkmalen usw. bislang vergebens. Aber er hatte nicht resigniert. Nein, noch lange nicht! Einzig die Zeit arbeitete gegen ihn. Täglich stieg die Zahl der Toten und wenn der Wehdam erst einmal eingetreten und identifiziert war, dann trat die Verschlechterung so rasend schnell ein, dass es ihm nicht möglich war, den Krankheitsverlauf zu verfolgen. Zornig blätterte er in einem seiner Hefte. Jeder Fall darin schloss mit einem kleinen abgesetzten Vermerk: mortuum.

Fast jeder. Er blätterte und fand den Kasus Kilian Hauser, an den er sich gut erinnerte. Als Meister Hauser nach ihm rufen ließ, zeigten sich bei dem alten Leinweber hühnereigroße Beulen am Hals und an der rechten Achselhöhle. Was galt es zu verlieren? Der Arzt wies den Bader an, die Beulen kurzerhand aufzuschneiden, verordnete in Wein gelöste Arzeneien und ließ die Kammer mit Wacholder und Heilkräutern räuchern, und nach einer Woche stieg der Todgeweihte wieder aus seinem Bett. Und das im 68. Jahr! Genauso verfuhr der Arzt bei dessen Schwiegertochter – die war zu diesem Zeitpunkt ein pralles und kerngesundes Ding, doch trugen die Stadtknechte die Arme schon nach drei Tagen auf den Gottesacker.

Eine andere Methode kannte er nicht und ihm war klar: Eiter vergiftet den Körper. Er muss ausfließen. Alles Unnatürliche, Krankhafte muss geschieden werden. Nicht das Blut, wie es vielerorts praktiziert wurde, davon hatte er inzwischen Abstand genommen. In seinen jungen Jahren hatte auch er den Aderlass praktiziert, aber seine Aufzeichnungen belegten die positive Wirkung nicht. Nicht in geringem Auslass und ebenso wenig in großem, und als einst dem Knecht des Weißgerbers mit übermäßig gefordertem Saft schließlich das Leben gänzlich hinausrann, da wollte der Arzt diese Applikation nicht mehr betreiben. Die heißen Herde aber sind nicht des gesunden Fleisches. Es bedurfte der Exzision.

An diesem Vormittag hatte er ebenso gehandelt.

‚Und wenn es mein eigenes Verderben sein müsse – in Gottes Namen! In Gottes Namen!‘, schrie es in seinem Kopf und er schleuderte das Heft zornig gegen das Fenster, dass die Scheiben klapperten.

Unwirsch packte er die Flasche und nahm daraus ein Maul voll, doch er verschluckte sich und musste sogleich laut aushusten. Der Schnaps brannte in der Gurgel, rann ihm über den weißen Bart und tropfte auf sein Hemd hinab. Als er seinen Blick auf die nasse Stelle richtete, da bemerkte er schmutzig gelbliche Spritzer auf dem Stoff.

Sein Herz begann zu pochen. Ihm wurde ganz heiß und ängstlich fuhr es ihm durch den Kopf: ‚Um Himmels Willen, da sind Spritzer aus den Eiterbeulen! Wie konnte das passieren? Es hatte doch der Bader geschnitten!‘

Schnell riss er sich das Hemd vom Leib und kontrollierte sein Unterhemd. Auch hier erkannte er noch kleine gelbe Tupfen und zog sich das Kleid vorsichtig über den Kopf.

»Grauslig! Jesus hilf!«, winselte er verschreckt.

Noch einmal nahm er einen großen Schluck Branntwein. Er keuchte schnell, roch den Alkohol seines eigenen Atems. Wie war das nur möglich? Tränen schossen ihm in die Augen und eine kurze Zeit versank er mit leerem Blick in einem Gefühl von Angst und Ohnmacht. Der halbnackte alte Mann ließ sich vom Stuhl und hart auf seine Knie gleiten. Mit gefalteten Händen wandte er sich dem Kruzifix zu, das unscheinbar an der dunklen, vertäfelten Wand hing.

»Herrgott im Himmel, was nur hat diese Stadt an Schuld auf sich geladen, dass du sie so sehr strafst? Was nur muss ich mir selber zuschreiben? Dabei suche ich doch nach der Gesundheit, ebenso wie der Herr Christus, als er Krankheiten mit einem Wort überwunden und das Verderben ausgetrieben hat. Einmal heißt es in der Schrift ‚und er heilte sie alle!‘ Ist das nicht Auftrag genug für mich Gläubigen? Und nicht einmal für mich selber kämpfe ich, sondern für die armen Seelen, die der Tod angefasst hat. Ich will dich heut beim Wort nehmen und mich berufen auf die Schrift. Ich glaube nicht das Eine

und zweifle das Andere, nein! Ich glaube von vorne an, und bis zum Schluss. Als Nachfolger Christi vertraue ich und befehle mich deinem Wort! So wie es steht ‚Schlangen werden sie aufheben und wenn sie etwas Tödliches trinken, wird es ihnen nicht schaden; Kranken werden sie die Hände auflegen und sie werden sich wohl befinden.‘
Und wenn mich auch der Schwarze mit seinem Gift bespritzt und angerührt hat, so will ich jetzt davon überzeugt sein, dass deine Macht größer ist, Amen! Amen!«

Der alte Arzt zog sich am Stuhl hoch, ging zum Fenster, öffnete den rechten Flügel und warf seine Hemden hinab. Er fror. Obwohl ihm bereits etwas schwindelig war, leerte er den Rest aus seiner Branntweinflasche ins Glas und trank.

Simon erreichte das Gasthaus zur Glocke in der Schanzlgasse. Bevor der junge Herr in das Haus eintrat, strich er sich die dunklen Locken in den Nacken und den Schnauzer nach außen. Es war bereits sehr dunkel geworden. Durch die Fenster im Erdgeschoss leuchtete das warme Licht der Öllampen und lud in eine heimelige Gesellschaft. Beim Betreten der Gaststube winkte ihm Rupert schon von einem der kleineren Tische zu. Simon musste hüsteln. Die rauchgeschwängerte warme Luft reizte seine Lungen, wie immer. Seit er als Kind an einem langwierigen Lungenleiden erkrankt war, litt der sonst so stolze junge Arzt an den Folgen.

Fürwahr ein kleines Haus von großem Stil. Davon zeugten die kunstfertigen Gemälde an den Wänden und die schweren mit Borten verzierten Seitenschals vor den Fenstern. Selbst der Erzbischof Paris von Lodron logierte hier gelegentlich auf eine kleine Mahlzeit oder einen Trunk, wenn er tagsüber mit Architekten und Baumeistern auf den Baustellen seiner städtischen Bauten unterwegs war. Über der großen Tafel, an der heute gut gekleidete, Pfeife rauchende Herren saßen, hing ein Bildnis des Erzbischofs.

»Ganz schön nobel, für uns zwei Jungspunde, was du uns da ausgesucht hast!«, stellte Simon fest.

»Na hör mal, was sprichts da aus dem Munde des Arztes, des Stadtphysikus in spe? Und auch ich will mich mit dem Vikarenamt nicht zufriedengeben.«

»Das du noch nicht einmal innehast!«

»Und ob ich es hab, mein guter Freund! Deshalb den Wein zu meiner Last. Schon in drei Wochen werde ich im Domkapitel zum Kaplan erhoben. Unglaublich, wie schnell das jetzt geht. Ich habe wirklich Glück!«

»Glück?«

»Ja, natürlich! Damals, als ich mit dem Studium begann, wurde mir das nicht in Aussicht gestellt. Ich würde in den Dominikanerorden übernommen, so die Zusage, dann werde man sehen.«

»Aber ist dir nicht klar, warum die Ämter vakant sind? Schau nur zu, dass du durchmarschierst und gleich Abt oder Bischof wirst! DANN hast du Glück, mein lieber Freund. Wenn du aber kein Glück hast, dann stehst du an den Betten der Todgeweihten und zeichnest ihnen das Chrisamkreuz auf die Stirn. Dann stehst du vor den Leichen dieser Verdammten und an den Gräbern und stehst mitten im Atem des Grauens! Solange, bis du selber fällst.«

»Was ist denn mit dir los, Simon?«

»Rupert, vergiss die Stellung und überleg lieber, wie du deine Haut retten kannst!«

»Wer könnte seine Haut besser retten, als der Diener Gottes und der Arzt?«

»Beide verrecken sie. Beide. Der Tod ist stärker als das ‚Gegrüßt seist du Maria', ich erlebe es jeden Tag, wenn ich meinen Vater auf seinen Krankengängen begleite.«

»Versündige dich nicht Simon! Gott ist stärker als der Tod.«

»Herrgott nochmal! Ich sehe den Tod jeden Tag. Ich sehe, wie hilflos der hoch gelobte Stadtphysikus, mein Vater, Kräuter verschreibt und Salben, wie er die Krankheit in Bücher schreibt und meint, er fände dann darin des Rätsels Lösung, aber er findet sie nicht! Er findet sie nicht!«

Beide jungen Männer saßen eine kurze Zeit schweigend. Simon schenkte seinem Freund ein schwaches, hilfloses Lächeln, dann reichte er ihm den Becher Wein, von dem sie noch nicht gekostet hatten.

»Es tut mir leid, Rupert! Ich habe dir deine gute Laune verdorben. Trinken wir auf deine Zukunft! Auf die Gesundheit!«

»Auf unsere Zukunft und auf unsere Gesundheit!«

Die beiden Männer fanden ein neues Thema und sprachen zuerst über die Bautätigkeiten an den Domtürmen, dann über Ruperts Tageserlebnis. Er war an diesem Tag mit Kommilitonen und einigen Geistlichen beim Glockengießer. Das erste Mal durfte er diesem wichtigen Akt beiwohnen. Über viele Wochen war die zweischalige Form zuvor aus Lehm angefertigt, dann in ein großes Erdloch gesetzt und vergraben worden. Vom Schmelztiegel weg waren Gusskanäle aus Ziegel gemauert und mit einem Trennmittel aus Grafit bestrichen worden. Durch das offene Ofenfenster rührten zwei Knechte die glühende Bronze mit einem Fichtenstamm. Masken und Anzüge aus Leder schützten ihre Körper vor der fast unerträglichen Hitze. Ein Pfarrer sprach dann den Segen über die Form und erbat gutes Gelingen für den Guss.

»Das kannst du dir nicht vorstellen! Wenn der kleine Austritt am Schmelztiegel aufgeschlagen wird und die gelbglühende Schmelze plötzlich funkensprühend in seine eingefasste Bahn rinnt. Da geht ganz schön was daneben und wir standen ja unmittelbar vor dem Einfülltrichter über der Glocke. Es kam also direkt auf uns zu geschossen, es funkte und rauchte. Nicht wenige haben vor Schreck laut aufgeschrien!«

Simon lauschte interessiert den begeisterten Erzählungen Ruperts, der mit leiserem Tonfall ergänzte:

»Ich kann nicht nur die Gefahren sehen, ich fühle mich in die Nachfolge des Herrn Jesus berufen. Wir können nichts aus uns selbst heraus vollbringen, sondern durch die Gnade Gottes. Und er ist es, der unseren letzten Erdentag kennt heute schon. Und ich meine, mein letzter Erdentag liegt im nächsten Jahrhundert. Zum Wohle, alter Pfuscher!«

»Lass uns eine Wette abschließen!«, sagte Simon, als er den Becher hob.

»Was willst du wetten?«

»Eine Wette auf Leben und Tod! Ich wette, dass ich dich überleben werde!«

»Mann, Simon!«

»Hör zu! Versprich mir, dass du keinem Menschen weitersagst, was ich dir jetzt anvertraue!«

»Was hast du vor?«

»Schwöre es mir!«

»Verlass dich drauf. Ich schwöre nicht, aber ich versprech es dir hoch und heilig. Was ist los?«

Simon beugte sich über den Tisch zu seinem Freund, dabei ballte er unbewusst die Faust, entschlossen, sein Geheimnis auszusprechen. Als wollte er sich vergewissern, dass ihn niemand belauschen würde, warf er einen Seitenblick auf den Nachbartisch, dann löste er seine Lippen, die er aufeinandergepresst hatte, und blickte seinem Gegenüber fest in die Augen.

»Ich sag es dir geradheraus, weil du mein bester Freund bist und ich dir vertraue, Rupert. Ich habe Angst! Und deshalb will ich Salzburg verlassen. In eine gesunde Stadt gehen. Was nutzt ein toter Arzt? Ich will weg.«

»Aber Simon, bist du verrückt? Das darfst du auf keinen Fall! Du kannst uns nicht im Stich lassen!«

»Was wir tun ist sinnlos, glaub es mir. Mein Vater ist sich der Gefahr bewusst, doch er ist alt und müde. Ich aber bin jung und habe noch nichts von der Welt gesehen, Rupert. Ich habe noch nicht einmal geliebt.«

Rupert harrte in seinen Gedanken. Was gab es darauf zu erwidern? Auch wenn er aufgrund seiner theologischen Laufbahn die Liebe zu einer Frau nicht als erstrebenswerte Lebenserfahrung für wichtig ansehen durfte, so musste er ihm aus einem anderen Grunde zustimmen. Wenn Gottes Zorn eine Geißel auf die Menschheit niederschlug, was sollte es da für einen Sinn haben, mit kleingeistlicher Sturheit dagegen anzukämpfen. Dieser Kampf konnte nur verloren werden. Außer man stellte sich die entscheidende Frage, die aber in seiner Konsequenz bis ins Ketzerische führen konnte: War es nun tatsächlich Gott, der dieses Verderben ausgoss, oder war es ein Werk des Satans?

»Ich würde dich vermissen, Simon, deshalb bin ich aufgebracht, aber ich kann es verstehen. Erwarte keinen Rat von mir, denn ich fühle mich gerade ziemlich dumm. Wo willst du denn hingehen?«

»Auf dem Markt hörte ich von Kaufleuten, die eine Zeit lang in Regensburg Handel trieben und nun schleunigst wieder zurückkehren wollen. An der Donau sei die Luft gesund und alles wohlauf.«

»Regensburg?«

»Besser reist es sich zu zweit, mein Freund. Ein wenig Zeit verbleibt noch und ich wünschte, du gingest mit mir. Überleg es dir! Auch für dich steht alles auf dem Spiel.«

»Rechne nicht mit mir, Simon. An der Salzach bin ich ein Kaplan, an der Donau ein Nichts.«

Wer auf der Salzstraße in Richtung Reichenhall reiste, der querte von der Bergstadt Landau kommend das ausgedehnte Vilstal. In den Frühlingstagen des Jahres 1649 leuchtete das junge Korngras wieder in mildem Grün auf den Feldern. Nachdem die Ortschaften Mettenhausen und Haunersdorf zurücklagen, zog sich die Straße sanft eine Anhöhe hinauf und durchschnitt ein kilometerlanges Waldstück. Auf dem nächsten Hügel gürtete sich der quirlige Markt Simbach um die noch recht junge Kirche St. Bartholomä, die nach vielen Klagen und Bemühungen um einen Geistlichen allerwenigstens einen Vikarius hatte einziehen lassen können. Ein Dorn und eine Schande war es den Simbacher Bürgern, dass dieser wichtige Handelsflecken der kleinen Pfarre Höherskirchen musste anhängen. Und nicht nur anhängen, sondern die Bürger mussten ihren Kirchenzehnt an die ungeliebte Pfarrei abtreten. Eine Menge Geld, das sie doch so gern für das eigene Haus und einen souveränen Geistlichen einsetzen wollten.

Von der Talseite führte eine, nach den Zerstörungen durch die Schweden wieder ordentlich erneuerte, hölzerne Brücke über den breiten Bach in den Ort. Sowohl an diesem Zugang von Norden, als auch auf der Bergseite im Süden waren Schlagbaum und Mauttafel angebracht. Nichts erinnerte mehr an die viermonatige Besetzung durch die marodierenden Truppen. Am heiligen Pfingstmontag waren die Soldaten eingefallen und blieben bis in die grauen Tage des Oktobers, als mit der Unterzeichnung der Friedensverträge von Münster das lange Schlachten endlich ein Ende fand. Nach Monaten der Knechtschaft waren die Vorräte an Korn, Vieh und Bier vertilgt, etliche Leiber in die Grube geworfen und etliche Weiber geschändet. Aber die Häuser, die hatten sie geschont. Solange sie Station machten, mussten die Simbacher das Feuer nicht fürchten, denn die Schweden brauchten selbst ein Dach über dem Kopf und den Bürgersknecht, der sie aushalten musste.

Ein langes Bangen ging dem Überfall voraus. Flüchtlinge brachten die Kunde von den Kämpfen und dem Morden in Landau, der Bergstadt an der Isar. Es war eine Frage der Zeit, bis die Truppen ihren Weg nach Süden weiter fortsetzen und Simbach erreichen würden. Nächtelang stritten die Markträte über ihr Handeln und berieten sich in Bürgerversammlungen. Wie sollten sie ihre Haut retten? Die katholischen Regimenter jedenfalls, würden sich den Schweden nicht in den Weg stellen. Wie ein Pflug, der den Boden in beide Richtungen aufreißt, so zogen die Truppen von Nord nach Süd und von Süd nach Nord. Es ging hin und her, und ganz egal, welche Söldner die Speisekammern aufbrachen – Freund und Feind unterschied kaum mehr als Sprache und Wappen.

Eine Gruppe von Bürgern wollte auf keinen Fall auf den Feind warten und sich lieber in den »Wilden Graben« zurückziehen. Der wilde Graben war eine nicht einsehbare Waldsenke im Schabinger Holz, etwa eine Viertelstunde außerhalb des Ortes. Dort stand eine kleine Kapelle, und ein Graben führte sauberes Wasser. Für eine kurze Dauer konnten sie dort ausharren.

Ott, der Bierbräu, schlug vor, man könne sich in den unterirdischen Kellergängen verstecken, die vom Unterberg bis zur Ortsmitte hinaufführten. Die Keller waren von mehreren Stellen zu betreten und man hätte gegebenenfalls die Zugänge tarnen – hinter Mauerwerk oder Erdreich verstecken müssen. Es schien ein großes Risiko, denn sollten die Schweden die Kellergänge entdecken und aufbrechen, dann säßen sie in der Falle. Schließlich konnte der Kämmerer seine Bürger überreden zu bleiben, demütig zu verhandeln und mit dem Gold aus der Steuerkasse ihr Leben zu erkaufen. Tatsächlich drangen die Soldaten bereits am ersten Belagerungstag in die Gänge und stürzten sich auf die Vorräte, die dort eingelagert waren.

Ein kahlköpfiger Mann stieg in den kleinen kühlen Bach, der nördlich des Ortes Gimbach durch sumpfige Wiesen floss. Wenige hundert Meter nach Osten hinter der kleinen Kornmühle führte er durch eine schattige Ansammlung von hohem Strauchwerk und Bäumen. Hier hatte sich der ehemalige Ordensbruder einen schmalen, nicht einsehbaren Weg ausgetreten und sich einen Zutritt zum Bach abgestochen. Dies war seine Angelstelle. Eine alte Weide streckte hier ihre Äste über das Flussbett und berührte mit einzelnen Fingern den kleinen Lebensstrom. Über eine Stunde hatte er still auf dem trockenen Erdboden unter dem Baum gesessen und beobachtet – seine Angel im Wasser, aber auch die Natur um ihn herum. Er erfreute sich an dem Entenpaar, das mit singenden Schwingen über ihm auftauchte, eine weite Schleife am frühlingsblauen Himmel zog und dann in einem zweiten Anlauf unweit auf der Wasseroberfläche aufsetzte.

Die Konzentration auf das Wasser tat seiner geschundenen Seele wohl, denn in der Erwartung auf den Biss eines Fisches vergaß er seine ganze Armseligkeit, seine Angst und oft die Schmerzen, die ihn nach einem halben Jahr immer noch quälten. Seine verstümmelten Ohrmuscheln waren zwar inzwischen abgeheilt und auch die gebrochene Nase bereitete ihm keine Probleme mehr, aber die Schädeldecke! Die vernarbte und gefleckte Kopfhaut, aus der nur einzelne Haare abstanden, spannte und quälte ihn noch immer. Dass er überhaupt mit dem Leben davongekommen war, das verdankte er dem Bader Sebald. Der hatte die brennenden Haare gelöscht, indem er den Kopf mit seiner Lederweste abdeckte. Er versteckte den Schwerverletzten im Badhaus und operierte die verkohlten Haarbüschel aus dem Hautbrei. Sebald war der Einzige, der ihn nicht aufgab und mit ihm gegen die Wundschmerzen und das Fieber kämpfte, bis die schweren Entzündungen abklangen.

Es waren die Schweden, die ihn so zugerichtet hatten. Dabei war er der berittenen Bande in guter Absicht entgegengetreten. Er hatte das Mandat der Marktgemeinde zu verhandeln und ihnen ein Friedensgeld zu bieten. Die Bürger wussten wohl, dass sie sich der Soldaten nicht erwehren konnten. Die bayerischen Truppen waren längst zurückgewichen und hatten noch über den Inn übersetzen können, bevor der Regen und das Hochwasser einsetzten.

Bruder Bartl bot sich der Verhandlung und trat den Feinden am Ortseingang mit erhobenen Händen entgegen. War es seine katholische Kutte, welche die Feinde gereizt hatte? Vielleicht war es einfach die Mordlust, denn Folter und Totschlagen sollten noch viele Bürger des kleinen Marktes erfahren. Die Schweden schlugen ihn nieder, banden ihn mit einem Seil und schleiften ihn die Straße hinauf bis zum Marktplatz. Dort drohten sie alle Behausungen niederzubrennen und demonstrierten ihre böse Absicht an dem armen Ordensmann. Nachdem sie ihn wieder aufgerichtet hatten, versengten sie ihm mit Pechfackeln die Ohren, zündeten sein Kopfhaar an und ließen ihn schreiend durch den Ort davonhumpeln. Der junge Bader hatte sein Leben retten können, doch seit dieser schweren Zeit war Bruder Bartl nicht mehr derselbe. Seine hässliche Entstellung konnte er erdulden, aber die Menschenfurcht machte ihn zu einem Außenseiter. Seit dieser Zeit hauste er in einem Verschlag in der Mühlenscheune. Tagsüber zog er sich zurück und kroch meistens erst nachts aus seinem Versteck.

Was soll ein Mensch im Licht und der Hitze des Sommers? Der Kahlköpfige verrichtete nachts seine Dienste. Er trug die Kornsäcke die Holzstiegen auf den Getreideboden hinauf. Wie eine Katze hatte er sich an die Dunkelheit angepasst. Er kannte seine Wege und Mondlicht war ihm allemal genug. Des Nachts fing er Fische, mistete den Schafstall aus, flocht Weidenkörbe und schnitzte Holzschuhe. Wenn in warmen Sommernächten die Grillen zirpten, dann saß er am liebsten am kleinen Bach und sah hinauf auf das Sternenzelt.

An diesem Frühlingstag aber saß der Kahlköpfige vormittags noch am Wasser. Er kaute einige junge Sauerampferblätter, als plötzlich einer seiner Schwimmer untertauchte und der fingerdicke Ast zu zuckeln begann. Sogleich sprang er auf. Ein Glück! Ein Fisch hatte sich gehakt. Er hob den schmutzigen und zerlumpten Rock und steckte ihn sich von oben in die Hanfkordel, die ihm als Gürtel diente, so dass er gerade noch trocken blieb.

Die Frische des Wassers ließ ihn innehalten. Auf Zehenspitzen keuchte er seinen Atem stoßweise aus, dann watete er zu den Ästen, an denen seine Angelschnüre geknotet waren. Seine Schnüre hatte er aus Rosshaar geflochten und daran hingen spitze Haken, die der Schmied in verschiedenen Größen herstellte. Kleine Rindenstückchen dienten als Schwimmer.

Seine Hand fuhr ins Wasser, fand das Rosshaar und zog nach ein paarmal Umgreifen die zappelnde Beute heraus. Was für ein schöner Fisch! Ein Flussbarsch von fast einer Fußlänge hing an der Angel. Auch die zweite Schnur holte er heraus. Leider hing daran nur der blanke Haken – der Wurmköder war stibitzt. Schnell löste er die Schlingenknoten von den Ästen und stieg mit seinem Fang aus dem Bach. Kniend zog der Kahlköpfige das Messer aus der Lederscheide, die er am Hanfgurt trug und stach den Fisch bauchseitig, knapp hinter dem Kopf, gezielt ins Herz. Sofort rann Blut heraus und tropfte durch seine Finger. Gekonnt stach er oben am Kopfende dicht unter die Haut und führte das Messer an den Rückenstacheln entlang bis zum Schwanz. Ein wenig löste er sie mit der Messerspitze, dann konnte er die feste Haut mitsamt den winzigen Schuppen mit den Fingern packen und zog sie in einem Stück vom Rücken über beide Flanken bis zum Schwanz komplett ab. Am Abend würde er ein Feuer anzünden und den Fisch über der Glut braten.

Wie bei jedem erfolgreichen Fang sprach er sogleich ein Dankgebet.

»Gepriesen sei der Herr der Heerscharen! Gepriesen sei der Herr im Himmel, der seinen Segen ausschüttet über sein Volk, und uns das tägliche Brot nicht vorenthält, der unseren Leib speiset und uns eine Wohnung bereitet in der zukünftigen Welt. Amen.«

Es war reichlich spät, denn seine Zeit war die Nacht, doch das Aushalten hatte sich gelohnt. Noch einmal stieg er zum Bach hinunter und wusch die Hände und das Messer, dann wickelte er den Fisch in ein Stück Leinen und verstaute es in seinem Beutel.

Als Bartl die Mühle erreichte, standen neue Kornsäcke vor dem Haus, die ein Bauernknecht morgens mit einem Fuhrwerk gebracht hatte.

Der Müller bemerkte Bartl, als er gerade in die Scheune verschwinden wollte und rief hinüber: »Da bist du ja, du Nichtsnutz! Kannst gleich das Korn hinauftragen, damit ich mit dem Mahlen anfangen kann!«

»Darf ich es in der Nacht hinauftragen? Ich bin jetzt sehr müde.«

»Ja, das denk ich mir! Das kommt nicht in Frage, du fauler Hund! Den ganzen Tag möchtest du verschlafen oder dich herumtreiben. Wenn du nicht arbeiten willst, dann verschwinde von meinem Grund und Boden. Ich will einen solchen wie dich nicht länger aushalten. Entweder du arbeitest, oder ich jag dich zum Teufel!«

»Ich will ja meinen Dienst leisten, Meister. Schau, ich habe dir einen Fisch gefangen. Einen Barsch sogar! Ich will ihn dir geben und dann gleich die Säcke hinauftragen.«

»Hm. Ja, den mag ich. Gib ihn her! Hast denn nur einen gefangen? Wäre halt schon recht, wenn es für die ganze Familie reichen würde. Du bist halt für nichts zu gebrauchen. Du bist kein Müller, du bist kein Fischer und ein Pfaff bist auch nicht geworden. Eine Saukutte bist! Und ein Tagedieb!«

An diesem Abend waren alle Mitglieder des äußeren und inneren Rats, alle acht ehrwürdigen Mitglieder, zur Sitzung gekommen. Sie saßen um den großen Ratstisch und blickten sorgenvoll auf den Kämmerer, der sie mit ernster Miene begrüßte.

»Meine lieben Räte, hochwürdiger Herr Vikar. Ich danke euch für euer Kommen und möchte gleich mit der dringlichen Sache beginnen.«, so begann er seine Ausführungen.

»Es steht nicht gut um unser Land – das habt ihr bereits durch mehrfache Kunde von auswärts erfahren. Dieses Mal droht nicht von Menschen geschürte Kriegsgefahr, wie wir sie so lange Zeit aushalten mussten, sondern es ist Gottes Zorn, der über die Lande weht. In vielen Orten schlägt das Fieber bereits Jung und Alt darnieder. Noch sind wir verschont geblieben, dieser Gnade bin ich dem Herrgott dankbar, aber wird das so bleiben? Es ist ernst, geschätzte Räte, es ist ernst! Wir sollten uns beraten, was zu tun ist. Ich hatte am vergangenen Sonntag bereits einen ausgiebigen Diskurs mit unserem geschätzten Herrn Vikarius, der uns in der Not Zuspruch geben und uns mit seinem geistlichen Ratschluss dienen wird.

Die Augen richteten sich auf den jungen Vikar, der sich räusperte, bevor er selbstbewusst das Wort ergriff.

»Ihr tut wohl daran, ihr geachteten Männer, auf die Stimme des Herrn zu hören, denn es ist nicht zu spät. In der Schrift heißt es: Wer Ohren hat, der höre! Aber es sind zwei Dinge! Verschließt nicht eure Ohren und verschließt nicht eure Herzen. Erkennt den Willen des Vaters. Nur ein halbes Jahr ist es her, dass ihr dem Tod durch die eiserne Schwedenhand entronnen seid. Der Herrgott hat in seiner Gnade den Frieden möglich gemacht, indem er der lutherischen Verirrung ein Ende setzte. Doch, darf ich fragen? Wie habt ihr es ihm gedankt? Habt ihr die Heilige Kirche emporgehoben? Bitte ereifert euch nicht über meine Rede, denn ich möchte kein Schimpf weiterführen, aber ich möchte euch an eure Not und euer Flehen zu dem Herrn erinnern. Seitdem die Schergen hinausgezogen sind, denkt jeder wieder nur noch an seinen eigenen Profit. Was ist aus eurem Flehen und euren Versprechen geworden? Aber Schluss damit! Es ist, wie es der Herr Kämmerer ausgesprochen hat: Es ist ernst. Unser Markt steht auf des Messers Schneide und es ist eure Entscheidung, ob es zum Guten oder zum Schlechten weitergeht. Ich rate euch, setzt ein Zeichen und bringt Opfer.«

Die alten Männer blickten betreten in das Gesicht des Geistlichen und wussten nicht recht, was er denn von ihnen erwartete. Keiner von ihnen wagte nachzufragen.

Nach einer kurzen Stille ergriff der Untere Bäcker das Wort: »Der junge Herr Vikar hat schon recht! Ich muss mir eingestehen, dass mein Christsein über den Kirchgang zur sonntäglichen Feier nicht hinausgekommen ist. Mein Haus war verwüstet und meine Scheune verbrunnen, da hab ich freilich viel Arbeit und Sorge gehabt, es wieder zu richten. Jetzt aber will ich hingehen und eine Wallfahrt tun, wenn es denn nützlich ist. Sollen wir Heilige Messen zum Schutze beten, Herr Vikar?«

»So will ich es auch gern halten!«, stimmte der Schneider zu, der direkt neben dem Vikar seinen Platz hatte und ganz aufgeregt auf der vorderen Stuhlkante hin und her wetzte.

»Werte Räte, verzeiht bitte, aber erkennt den Ernst der Lage! Der schwarze Tod geht um im Bayernland und steht schon vor unserem Schlagbaum. Es ist nicht damit getan, ein paar Messen zu lesen. Ihr müsst ein Zeichen setzen und ein Opfer bringen, bevor es zu spät ist!«

»Lieber Vikarius«, fragte der Kämmerer nun aufgeregt, »welches Opfer kann uns denn schonen?«

»Verehrte Herren, glaubt mir, dass ich es gut mit uns meine und keine eigenen Profite erreichen will. Die Mittel für die Kirche sind sparsam gegeben, aber gerade noch ausreichend. Daran denke ich nicht, nein. Ich hatte einen Eindruck, der mich antreibt, euch zu raten. Dieser Rat kommt direkt aus der Höhe.«

Der Vikarius setzte seine Ausführung wieder ab und sonnte sich in den erschreckten Blicken des Gremiums.

»Was ist es denn?«, fragte Ott, der Bierbräu.

»Nun, vielleicht ist es auch bereits zu spät, aber ich muss es euch dringend raten. Es ist der Versuch, den Schutz der Heiligen über unseren Ort auszubreiten.«

»Was ist es?«, wiederholte der Bierbräu in ungeduldigem Tonfall.

»Es muss eine Kapelle gebaut werden. Oben auf der Freyhuberweide muss eine Kapelle zur Ehre des heiligen Sebastian errichtet werden. Dafür bleibt wenig Zeit. Ihr müsst schnell sein! Der Maler in Arnstorf soll ein Bildnis anfertigen, und unser Schnitzer einen kunstfertigen Altarbogen. Überlegt es euch! Einen anderen Ausweg sehe ich nicht.«

Das Nicken und die zustimmenden Bemerkungen untereinander bestätigten die Aufforderung. Einzig die Zustimmung des Grundstücksbesitzers musste eingeholt werden, doch das schien der Versammlung nicht zu einem Problem zu erwachsen. Der Bauer war ein gottesfürchtiger Mann und des Kämmerers Schwager.

»Wir wollen einander anhören und dann den Beschluss fassen!«, übertönte der Kämmerer die aufgeregten Gespräche, doch der Vikar hob die rechte Hand und forderte noch einmal Gehör.

»Es ist nicht genug!«, rief er laut und ließ seinen strengen Blick reihum schweifen.

»Es ist nicht genug und ich sprach davon, Opfer zu erbringen! Ihr müsst euch bewusst machen, dass jeder Fremde, der Simbach betritt, die Verderbnis hereinbringen kann. Wenn der Tod vor den Toren bleiben soll, dann muss der Schlagbaum zu bleiben. Was nutzt euch euer gutes Tun, wenn der Fremde den Teufel huckepack hereinträgt? Keiner darf mehr herein und unsere Bürger sollen in ihren Häusern bleiben. Das Tanzhaus soll ebenso verriegelt werden, denn dort ist die Sünde zuhause. Pfui Teufel! Denkt daran, all das ist für unser Heil. Ich fordere Einschnitte, das ist wahr, aber was soll ich euch sonst raten als unser aller Wohl?«

Diesmal folgten Gemurmel und Anzeichen der Entrüstung. Der Bierbräu, ein stämmiger Mann mit markantem Gesicht schüttelte den Kopf und begann seinen Einwand mit einem groben Klopfen auf die hölzerne Tischplatte.

»Verzeihen Sie, Herr Vikarius, jetzt wird es aber grauslich! Wir können uns doch nicht abschotten. Unser Wohlstand kommt von den Durchreisenden. Ich bin darauf angewiesen, Ross und Reiter zu beherbergen. Sollen denn unsere Gaststuben alle leer bleiben? Und bedenken Sie doch, dass die neue Kapelle auch bezahlt werden will!«

»Mir gefällt das auch ganz und gar nicht!«, bestätigte ihn der Kämmerer. »Herr Vikar, Sie meinten sicher, dass man unterscheiden muss und keine kranken Personen hereinlassen darf, nicht wahr?«

»Um Himmels Willen, ihr ehrenwerte Räte, seid doch keine Narren! Erinnert euch an das Unrecht der langen Kriegsjahre, als euch Silber und Leben von Angehörigen einfach weggerissen ward. Das liegt ja nur ein halbes Jahr zurück. Trotz bitterer Armut und großem Schaden habt ihr in kurzer Zeit eure Säckel wieder gefüllt. Dieses Mal fordert die bedrohliche Lage nur einen kleinen Einschnitt. Heute ist Simbach durch Gottes Gnade noch heil. Ich beschwöre euch: Fordert das Unglück nicht heraus! Während die Dörfer ringsum verderben, soll Simbach sich schonen. Hernach sind wir umso stärker und frei. Seid schlau! Ich sehe den Lohn für die Genügsamkeit im Erstarken und im Wachstum und prophezeie euch, dass unser Marktflecken zur Stadt heranwachsen wird. Aber ihr müsst jetzt entscheiden, bevor es zu spät ist. Sobald der Tod in deiner Herberge hockt, Bierbräu, hast du keine Wahl mehr und könntest einer der Ersten sein, den wir in die Grube legen müssen.«

Ott kratzte sich nachdenklich am Hinterkopf. Er war sich immer noch unsicher, aber was sollte er der schlauen Rede des Schwarzrocks entgegenhalten? Sie alle fürchteten die Seuche und der Vikar hatte vermutlich mit jedem Wort recht.

»Die Schlagbäume müssten Tag und Nacht besetzt werden,« überlegte der Kämmerer, »wie sollen wir das nur anstellen? Auch dieses Amt muss gelöhnt werden. Der Bürgerknecht und der Nachtwächter fallen mir ein, aber dann brauchen wir noch zwei Mann. Wer könnte das übernehmen?«

»Du kannst doch den verrückten Nachtkauz, den Bruder Bartl anstellen!« gackerte der Schneider und lachte dazu.

»Und wer soll dann dem Müller die Mäuse verjagen? Eine Katze vielleicht? Ha, ha!«, fiel der Bierbräu ein.

»Ich bitte euch, seid ernsthaft!«, schalt der Kämmerer. »Aber wenn du, Ott, um fahrende Gäste fürchtest, dann kannst doch gleich einspringen, und Wache schieben! Ja, das ist gar keine schlechte Idee. Es kann tatsächlich sein, dass zuverlässige Bürger herangezogen werden müssen, um diesen Dienst abzuleisten. Wir machen es so: Aus jedem Haus soll ein anständiger Mann benannt werden, der im Wechsel mit den anderen eingeteilt wird. Ott, du hast Glück – du darfst deinen Bräuknecht schicken und kannst selber hinterm Ofen sitzenbleiben!«

Nachdem noch eine Zeit lang über Einzelheiten debattiert wurde, stimmten die Räte den Forderungen des Vikars zu. Der Marktschreiber protokollierte die Beschlussfassung, dann kam er seiner Abschlussverpflichtung nach und holte aus einem Schranktürchen in der Wandvertäfelung die dicke Tonflasche und kleine Zinnbecherchen heraus.

»Auf die Gesundheit«, und auf die Entscheidungen zum Wohle der Gemeinde tranken die Teilnehmer den obligatorischen Birnenschnaps.

Im Stehen kam noch eine Sache zur Sprache, die den Vikarius ein wenig umtrieb.

»Ihr habt in unseren Beratungen den Bruder Bartl erwähnt. Nun, ich kann bisweilen von mir behaupten, ein Menschenfreund zu sein, aber dieser Mann gibt Grund zum Anstoß und zur Sorge.«

»Was meint Ihr damit?«, fragte der Kämmerer mit runzeliger Stirn, bevor er den verbliebenen Schluck Birnenbrand kippte.

»Nun, einen Nutzen bringt er der Gemeinde allemal nicht. Der Müller muss ihn aushalten. Er ist sonderbar! Welcher normale Mensch verschläft den Tag und wandelt in der Finsternis? Warum schließt er sich denn keiner Bruderschaft an? Warum flieht er den Menschen? Was soll man davon halten? Er kann von Glück sagen, dass er in einer so gnädigen Zeit lebt, denn früher wäre er ins Holzfeuer gebunden worden.«

»Aber Herr Vikarius, Sie wissen doch, …« setzte der Kämmerer an und drehte nervös das Schnapsbecherchen in seinen Fingern.

Der Geistliche schnitt ihm ärgerlich das Wort ab. »Ja! Aber dann soll er sich eben still verhalten! Wenn er sonst so leutscheu ist, warum steht er dann in der Weide und beschwört die Gefahr herauf? Meint der vielleicht, er wäre Johannes der Täufer? Die Predigten gibt es immer noch in der Bartholomä-Kirche und nicht in der Gosse!«

»Solange er nichts anstellt, wollen wir ihn gewähren lassen und wie Sie es sagen: Man bekommt ihn schließlich kaum zu sehen, weil er nachts wachgeht.«

»Er wandelt nachts, ja, und mit der Finsternis! Ich fürchte, dass ihm die Dämonen anhängen, anders kann ich mir das alles nicht erklären. Buße und Umkehr hat er gefordert und geschrien wie ein Narr!«

»Aber Herr Vikarius! Sie selbst drohen mit der Strafe des Herrgotts und fordern Opfer. Sind die Worte des Bruder Bartl denn verkehrt?«

»Der Nachtmensch Bartl ist mir wohl kein Vergleich! Er soll das Maul halten, weil ich sonst darauf bestehen muss, ihn fortzujagen! Wer weiß, wo und mit wem der sich herumtreibt. Herrgott im Himmel, steh uns bei!«

Der Vikar knallte den Becher auf den Tisch und verabschiedete sich mit einem kurzen Gruß. Etwas verdattert blieben die Räte zurück, tranken eine zweite Runde und machten sich bald ebenfalls auf den Heimweg.

Zum Leidwesen vieler Geschäftstreibender blieben die Schlagbäume an Berg- und Talseite des Ortes schon am nächsten Tag geschlossen, ebenso der beliebte Tanzsaal. Zimmererleute stürzten sich auf die notwendigen Holzarbeiten, um den Bau der Kapelle so schnell wie möglich beginnen zu können. In ihren Kirchenbänken sollten dreißig Besucher Platz finden – so hatte es der Herr Vikarius verlangt.

Am Eck, wo vom Marktplatz die Bräugasse abbog, stand wenige Meter von der Straße zurückgesetzt das Badhaus. In der großen Eingangsdiele war der Hausbrunnen gemauert, aus dem die Bademagd schöpfte. Hier goss sie das Wasser in die Holztrichter auf verschiedenen Rohren, die in die Kellerräume hinabführten. Das eine Rohr speiste den Heizkessel, in dem Wasser erhitzt wurde, das andere mündete in einen Steingrand, aus dem für Kaltwasseranwendungen genommen wurde. In die ebenerdige Küche trug sie das Wasser im Holzeimer. Im vergangenen Jahr hatten die Schweden die verriegelte Haustür aufgebrochen, die Stuben verwüstet und den großen Wasserkessel herausgerissen.
Der alte Bader war einer der ersten gewesen, den die Soldaten niederstachen, denn er stemmte sich gegen die Haustür und versuchte sich gegen den Feind zu erwehren. Ohne zu zögern, rammte ihm ein schwedischer Söldner den Säbel in den Leib. Neben dem Türstock war ein eiserner Ring in einen Holzbalken gehauen, worin ein frischer Birkenzweig anzeigte, wenn die Badestube geöffnet war. An diesem Ring hängten die barbarischen Unholde tagelang den Leichnam des Baders auf.

An der linken Dielenseite führte eine Steintreppe zu den Baderäumen hinunter. In dem dunklen vorgelagerten Gewölbegang waren einige Ster gutes Hartholz aufgerichtet, das in Kachel- und Wasserofen verfeuert wurde. Hier spendete nur ein einziger Fensterschacht, durch den das Brennmaterial hinabgeworfen wurde, ein wenig Licht.

Im Ausziehstüberl schlüpften die Gäste hinter einem aufgehängten Leinentuch aus ihrem Gewandzeug und überließen es der ‚Gwandhüterin', der alten Rembecknerin, die dafür Sorge trug, dass nichts in falsche Hände gelangte. Sie saß an einem winzigen Tischchen in der Ecke und verrichtete hier ihre Näharbeiten oder putzte Gemüse. In dem kleinen Raum waren an einer Wand mehrere Holzfächer angebracht, wohin die Kleider gelegt wurden. Die betagte Hüterin grüßte freundlich, verhielt sich aber immer sehr diskret und blickte kaum von ihrer Arbeit auf.

Seit dem Tod des Vaters führte der älteste Sohn Sebald den Betrieb mit viel Geschick. Er war ein junger Mann von 26 Jahren, der inzwischen vielerlei Erfahrung gesammelt und bei den Bürgern des Ortes sehr geschätzt war. Er verstand sich in der Wundheilerei und den chirurgischen Eingriffen, die er in einer separaten Stube neben der Küche durchführte. Hier schnitt er Haare und Bärte, versorgte Verletzungen und verabreichte Kräuter gegen allerhand Zipperlein.

An diesem Abend war Sebald gerade dabei, den Schwitzraum herzurichten. Große Flusssteine hatte er aus der Ofenglut geholt und übergoss sie mit heißem Wasser. Es zischte und dampfte, als plötzlich die alte Rembecknerin in die Badstuben eilte, um ihren Sohn zu holen.

»Sebald, lauf nur gleich hinauf. Der Knecht vom Schwabenbauer braucht deine Hilfe!«

»Was ist denn passiert, Mutter?«, entgegnete er erschrocken.

»Lauf schnell, ich weiß es auch nicht, aber der schaut gar nicht gut aus!«

Schnell stellte Sebald den Wassereimer zur Seite und sprang im leichten Leinenhemd die Steintreppe hinauf.

Oben erwarteten ihn mit zorniger Miene der Schwabenbauer und dessen leichenblasser Knecht, der mit der rechten Hand seinen linken Unterarm gegen den Bauch drückte und in eine Stoßatmung verfallen war. Als er den jungen Bader kommen sah, begann er laut zu weinen.

»Mensch Veith, was ist dir denn geschehen?«

»Der Ochs!«, schluchzte der junge Knecht. »Der Ochs hat gegen mich ausgeschlagen! Ich kann meinen Arm nimmer rühren!«

»Aber gestoßen hast ihn!«, schimpfte ihn der Bauer und wandte sich an Sebald: »Er weiß, dass der Ochs schnell närrisch wird, und er hat ihn mit der Zinkengabel malträtiert, der Depp! Es ist alles seine Schuld! Und jetzt ist sein Arm hin!«

»Kommt schnell in meine Stube, dann sehen wir es uns an!«

Der Knecht setzte sich auf einen Hocker, dann sollte er Wams und Oberhemd ausziehen. Alleine das Entkleiden schien eine Tortur für den jungen Burschen zu sein. Er jammerte.

Äußerlich sah man einen gewaltigen blutunterlaufenen Fleck seitlich am Brustkorb. Sebald wollte den Arm greifen und ein wenig anheben, da stöhnte Veith vor Schmerzen. Der Bader erkannte das Malheur – der Arm war ausgekegelt und hing unbeweglich herunter. Vorsichtig versuchte er, den Knochen des Oberarms zu tasten.

»Du hast Glück, mein Freund. Ich glaube, es ist nichts gebrochen!«, stellte der Bader fest, und fuhr fort: »Du hast ihn dir ausgekegelt. Wenn in der Schulter weiter nichts gebrochen ist, dann hast du Glück gehabt. Ich muss ihn dir einrenken. Das ist schmerzhaft, aber es geht schnell!«

Der Bursche heulte wieder los und verzog das Gesicht. Er schnaufte in kurzen Stößen und kalter Schweiß stand ihm auf der Stirn.

»Beruhige dich doch, es wird alles wieder gut. Das haben schon viele aushalten können. Warte, ich gebe dir was Gutes gegen die Schmerzen, dann ist es halb so schlimm.«

Sebald verließ die Stube und kam nach einem kurzen Augenblick mit einer Tonflasche zurück. Er goss einen halben Becher ein und reichte ihn seinem Patienten. Veith griff zitternd danach und während er den Becher leerte und ihm der Kräuterschnaps die Kehle hinab brannte und den Magen wärmte, wurde er tatsächlich ruhig. Sein Atem wurde langsamer. Er schloss die Augen. Das bittersüße Getränk lenkte seine Sinne auf die angenehme, inwendige Hitze. Blonde Strähnen klebten an seiner schweißnassen Stirn. Sebald stützte mit seiner linken Hand den angewinkelten Ellbogen des Jungen und mit seiner rechten fühlte er die richtige Lage des Schultergelenks. Ohne weitere Bewegungen hielt er inne. Die Wärme der Badershand tat Veith gut und er stöhnte wohlig. In diesem Moment holte Sebald aus und schlug kräftig gegen den Oberarmkopf, der mit einem leichten, schmatzenden Laut in die Gelenkpfanne rutschte. Veith stieß einen langen klagenden Schrei aus und versank dann in ein kurzes weinerliches Jammern. Mit dem schmutzigen Oberhemd, das ihm noch über den Knien lag, wischte er sich Rotz und Wasser aus dem Gesicht. Der Bader ließ ihn eine Weile zu sich finden, dann führte er den verletzten Arm vorsichtig vom Rumpf weg und bis zum rechten Winkel nach oben. Die Behandlung schien erfolgreich, denn die weiteren kreisrunden Bewegungen verursachten keine großen Schmerzen.

»Es ist schon überstanden, mein Junge! Du wirst dich ein wenig schonen müssen, aber es wird alles gut.«, redete Sebald, während er nochmal die Knochen abtastete und den Brustkorb untersuchte. Auch der Bauer schien über den Behandlungsverlauf zufrieden und nickte zustimmend.

»Ich kann dir eine Salbe geben, aber es heilt auch ohne. Vermutlich wird dein Herr die Kosten nicht tragen wollen, stimmts?« Sebald kannte den Geiz der Bauern nur zu gut. »Leg ein paar Feiertage ein und mach dir kalte Essigumschläge, dann wird es auch ohne Medizin wieder heil!«

»Vielen Dank für deine Hilfe, Sebald. Es gibt keinen besseren Bader als dich!«, bedankte sich der Schwabenbauer. Trotzdem entrichtete er vor dem Abschiednehmen den geforderten Lohn sehr widerwillig. Schließlich meinte er, dass es ja, außer einem kräftigen Schulterklopfen, keine wirkliche Behandlung gebraucht hatte.

»So sind sie, diese geizigen Bauern! Da richte ich seinem Knecht geschickt die Knochen und Gelenke wieder gerade und der Hammel meint, meine Behandlung wäre nichts wert. Ich kann euch sagen, beim nächsten Mal jage ich ihn zum Teufel!« so schimpfte Sebald, als er für das Dampfbad seiner Badegäste Buchenscheite in den Ofen nachlegte.

In der Schwitzkammer hockten zwei nackte Männer auf den Holzbänken. Mit frischen grünen Birkenzweigen schlugen sie sich leicht auf Rücken und Beine, und regten so die Durchblutung und den Schweißfluss an. Das Schwitzbad war billig und deshalb das am häufigsten genutzte Reinigungsbad. Zuvor wuschen sie sich am Steintrog, dann genossen sie die schweißtreibende Hitze, die der dunkelgrün gekachelte Ofen abstrahlte, und den Dampf, der von den Flusssteinen emporstieg.

Für diesen Abend hatte sich der Kämmerer angemeldet, der ein Wannenbad nehmen wollte. Sebald schürte das Feuer und legte weitere Buchenscheite nach, damit das Wasser im Kessel bald heiß werden würde. Im großen Bad, dem langen Gewölbekeller, der sich bis auf eine abgemauerte Nische über die Länge des Hauses erstreckte, standen die hölzernen Badewannen, Ruhebänke und Behandlungshocker. Er stellte einen kleinen Schemel in den Zuber, auf dem der Badegast sitzen konnte. Unverhofft kam der Kämmerer hereingewackelt und bekundete seine Wünsche. Eine kleine Jause sollte aufgetragen werden und ein Krug Wein, außerdem verlangte er nach der Badedirn, die ihn nach der Mahlzeit abreiben sollte. Während die Dirn das Wasser in den Zuber schöpfte, trafen der Zimmermannsmeister Stögmiller und Ott, der Bierbräu, ein.

»Habe die Ehr, vornehmer Bürgermeister!«, grüßte Ott fröhlich. »Magst dir den Angstschweiß abwaschen, nicht wahr?«

»Vor was soll ich denn Angst haben, du Schwätzer?«

»Ja, vor dem Herrn Vikarius mitsamt seinen epidemischen Seuchen halt. Da mag einem der Appetit schon vergehen, gell? Ah nein, ich habe eben noch gehört, dass du dir ein Jausenbrett bestellt hast. So weit ist es also noch nicht bei dir.«

Ott setzte sich völlig nackt auf die Holzbank am Kachelofen, der wie der große Wasserkessel von der trockenen Rückseite befeuert wurde. Er war gekommen, um sich nach einem guten Aufwärmen Schröpfköpfe ansetzen zu lassen.

Der Kämmerer winkte ab und stieg in den Zuber. »Da muss es schon sehr grauslig daherkommen, dass mir das Rauchfleisch nicht mehr schmeckt, mein Lieber!«

Wohlig stöhnend ließ er sich in das heiße Badewasser gleiten. »Ah, das ist fein! Da geh ich heut nicht mehr heraus.« Er drehte den Schemel um, winkelte die Beine an und tauchte bis zum Spitzbart in die duftende Brühe, so dass nur noch Kopf und Knie herausschauten.

Nach einer Weile kam der kalte Braten. Die Dirn legte ein Brett über den Zuberrand und stellte den Teller darauf. Dazu auch einen Krug mit Wein. Ott und der Zimmerer hatten sich Bier bringen lassen und prosteten sich zu. »Auf die Gesundheit, meine Herren!«

Auf die Gesundheit! Diesen Segenswunsch hörte man oft in diesen Tagen. Voller Sorge riefen sich die Bürger diesen Trinkspruch zu. Auf die Gesundheit! Es konnte nicht viel genug und oft genug ‚Auf die Gesundheit!' getrunken werden. Ott lehnte sich an die warmen Kacheln des Ofens zurück und betrachtete die Schwielen an seinen Händen. Er tat, was er noch tun konnte, und an diesem Tag hatte er über Stunden das Gerstenmalz auf dem Darreboden gewendet. Schließlich konnte er nicht von früh bis spät in der Gaststube sitzen und die ganze Arbeit dem Knecht und seiner Tochter Magdalin überlassen. So viel er vermochte, wollte er leisten. Leider war das nicht mehr so viel. Er spürte, wie ihm langsam die Kräfte schwanden. Rücken- und Gelenkschmerzen quälten ihn sehr.

»Ich sollte mir auch ein heißes Bad leisten, damit es mit dem Rücken besser wird, nicht wahr, Sebald?«

»Das hilft allemal! Es macht die Muskeln weich.«

»Was? Weiche Muskeln kann ich nicht gebrauchen! Die sind mir jetzt schon schwach genug. Du meinst, kaltes Wasser wäre besser?«

»Nein, nein! Es geht um deinen Rücken. Verkrampfte Muskeln bereiten dir die Schmerzen. Das hat nichts mit Kraft zu tun. Das Schröpfen wird dir aber auch guttun! Ich muss nur kurz in den Schwitzraum, sonst meckern die da draußen.«

Nachdem Sebald also im Nebenraum nochmal für ausreichend heißen Dampf gesorgt hatte, ließ er den Bierbräu im Großen Bad auf einer breiten Bank, die mit einer aus Schafwolle gefilzten Auflage versehen war, hinlegen. Mit einem in Kräuteressenz getränkten groben Tuch rieb er den Rücken kräftig ab. Sieben Tonbecherchen wollte er ansetzen, aber vorher wurde an diesen Stellen mit einem kleinen Messer die Haut ein wenig angeritzt. Der Bräu machte dabei Anstalten und keuchte jedes Mal ein wenig lauter. Durch das kräftige Abreiben war die Haut gut durchblutet und empfindsam geworden. In die Schröpfköpfe gab der Bader jeweils eine kleine Menge Alkohol, schwenkte kurz und entzündete ihn mit einem brennenden Span. Sobald die Flamme erlosch, setzte er das Becherchen auf die vorgesehene Stelle und der entstandene Unterdruck saugte Haut und Gewebe kräftig in die Glocke. An der Ritzstelle trat sogleich ein wenig Blut aus.

»So, jetzt bleib ruhig liegen, damit sich keines der Köpferl löst!«

Ott brummte ein wenig und schloss die Augen. Ein wohliges Gefühl durchströmte seinen Rücken. Er genoss die Hitze und den Duft der kräutergeschwängerten feuchten Luft. Daneben hörte er beruhigendes Planschen aus dem Zuber des Kämmerers und ein Schöpfen aus dem Steintrog.

Als er aus einem kurzen Schläfchen zurückgeholt wurde, sah er wieder die nackten Füße des Baders vor sich, der nun einen Schröpfkopf nach dem anderen ablöste. Er war ziemlich benommen. Unter seiner Liegestatt gurgelte Wasser durch die Rinnsteine. Das Abwasser wurde durch ein Rohr an der Außenwand auf die Straße hinausgeleitet. Ott wischte sich Speichel von Wange und Mundwinkel, dann setzte er sich langsam auf, nahm auf einem Hocker Platz, wo ihm mit warmem Wasser der Rücken abgespült wurde.

Mit Wein und Tratsch ließen die Männer den Badeabend ausklingen.

Simon saß mit seinem Vater an dessen Schreibtisch. Vor ihnen lagen die Bücher, die der Physikus täglich nach den Visitationen beschrieb. Einige Patientenseiten waren auch an diesem Abend wieder mit der Fußnote ‚mortuum' abzuschließen. Angesichts der schweren Zeit waren seine Gefühlszustände dabei weidlich unterschiedlich. Auf viele Seiten setzte er ein trauriges ‚mortuum', oft ein zorniges, dann ein ratloses oder ein ‚mortuum', das ihn, ob seines Versagens, anzuklagen schien. Er schrieb manch mitleidiges oder nachsinnendes ‚mortuum', und selten ein gleichgültiges. Fast nie, wie an diesem Tag geschehen, blieb die Fußnote bei einer Patientin fortwährend leer, obgleich sie zweifelsfrei die Anzeichen des tödlichen Fiebers gezeigt hatte, und wider Erwarten nach über einer Woche auf dem Weg der Besserung war. Aufgeregt las er die Aufzeichnungen über ihre Krankheiten Wort für Wort laut vor, so dass Simon geradeso darüber studieren konnte. Was für ein Glück! Es gab demnach Hoffnung.

»Ich freue mich sehr, das kannst du dir vorstellen! Es muss einen Schlüssel zur Überwindung geben, mein Sohn. Denk nur scharf nach über diese Frau. Vielleicht fällt dir etwas auf. Was ist es nur, das ich übersehe? Wir müssen dranbleiben und in diesem Casus nachforschen. Wie hat sie sich in der Krankheit verhalten? Was hat sie gegessen? Wie hat sie sich verhalten? Wir müssen sie genauestens befragen!«

Der Alte nahm das Monokel ab und legte es achtsam neben das schwarze Buch. Die von Altersflecken gezeichnete Hand fasste den Arm seines Sohns und er betrachtete, ein klein wenig bewundernd, das junge Gesicht. Seit einigen Monaten schon zwirbelte sich Simon einen modischen Schnauzbart und sein welliges Haar trug er schulterlang. Der Alte erinnerte sich seiner eigenen Jugend. Dieselben aufgeweckten grüngrauen Augen und das Kinngrübchen hatte sich genauso markant geformt. Wie der Vater – so der Sohn! Er war mächtig stolz auf seinen Sohn. Einzig Simon war ihm geblieben, denn die beiden Töchter waren im Kindesalter gestorben. Und, Gott sei es gedankt, lagen die Flegeljahre inzwischen weit zurück. Lange Zeit schien es so, als wolle der rebellische Junge partout die Kunst des Vaters nicht weiterführen. Jahrelang fiel es ihnen schwer, zueinanderzufinden. Doch im Laufe der Zeit hatte sich das Blatt gewendet und der alte Arzt wieder Frieden erlangt. Aller Gewinn aus der Forschung seiner Studien sollte einmal dem ‚jungen Herrn' zur Ehre gereichen. Ein wenig wollte er die aufgegangene Saat noch pflegen, dann war es an der Zeit, seinen Filius als Stadtphysikus einzuführen. Er presste die Lippen aufeinander und nickte wohlwollend.

»Ja Vater, das müssen wir!«, erwiderte Simon.

In seinem Herzen jedoch fühlte er eine Beklemmung. Er fürchtete das Fieber, das so viele Opfer riss. In keinem der Häuser, die er an diesem Tag mit seinem Vater betreten hatte, wagte er frei zu atmen, da er das Fieber in der verdorbenen Luft der stickigen Kammern wähnte.

»Zu zweit werden wir die Zusammenhänge finden, mein Junge. Lass uns Analysen anstellen und schlussfolgern. Ich möchte eine Karte der Stadt anfertigen, auf der ich die gemeldeten Todesfälle eintragen will. Vielleicht erkennen wir ein Muster, wie der Tod hindurchzieht. Verstehst du das? Ich bin überzeugt davon, dass es für uns noch viel zu entdecken gibt.«

»Ich wäre so froh, wenn der Spuk ein Ende fände, lieber Vater!«

»Ja, glaub mir, ich auch! Aber das ist leider noch nicht absehbar. Nach meinen Beobachtungen ist Salzburg noch lange nicht über den Berg!«, entgegnete der erfahrene Arzt, der wieder hemdsärmelig in seinem Lehnstuhl saß und nach der Flasche in der Seitentür des Schreibtisches griff. Diesmal holte er dazu zwei Gläser heraus und schenkte auch seinem Sohn ein.

»Vielleicht ist unser Bemühen sinnlos! Ihr seht selbst, Vater, mit welcher Gewalt die Krankheit wütet. Ist es das wirklich wert, dass wir unser Leben aufs Spiel setzen? Andere Ärzte sind längst aufs Land oder ins Ausland gegangen und warten ab, bis der Schrecken zu Ende gekommen ist.«

»Das kommt für mich nicht in Frage! Ein Mann darf keine Furcht zeigen, und er muss den Kampf seines Lebens zu Ende führen. Wenn es denn sein muss, bis an sein eigenes Ende! Lass uns trinken, mein Sohn!«

Der Alte fasste das Glas, hob es ein wenig hoch, um die Bernsteinfarbe dieses edlen Tropfens bewundern zu können, und nahm einen Schluck daraus. Er spürte die milde Schärfe die Kehle hinabrinnen, die in seinem Magen eine angenehme Wärme hervorrief.

Simon seufzte und schüttelte den Kopf, aber er schwieg.

Durch das Schweigen der Männer war ein leises, helles Bimmeln einer Glocke zu vernehmen. Der Alte stand auf und schlurfte zum Fenster.

»Komm her, Simon! Sieh es dir an!«

Der Arzt stemmte sich mit beiden Armen gegen das schwarzbraune Fensterbrett. Als der Junge hinter ihn getreten war und über seine Schulter durch die unebene Scheibe hinabspähte, hatte der Karren gerade ihr Stadthaus passiert. Drei armselige, in Lumpen gehüllte Gestalten mit Glocken um die Handgelenke schoben den schmalen Totenkarren durch die Gasse, worauf zwei Körper lagen. Mund und Nase waren mit Stoffstreifen verbunden.

»Jeden Abend das gleiche traurige Bild. Diese Armseligen verdienen sich ein paar Kreuzer, indem sie die Toten von der Straße auflesen, die ihre Angehörigen einfach vor die Tür legen. Die Leichname liegen wie Unrat in der Gosse, wie verwesende Hundekadaver oder die vielen toten Ratten. Heute ziehen die Gestalten noch den Wagen und in ein paar Tagen liegen sie selber darauf. Der Gottesacker ist übersät mit frisch ausgehobenen Gräbern, und jetzt haben sie begonnen, die Leiber einfach in große Gruben zu werfen. Es macht mich traurig und wütend zugleich. Es muss etwas geschehen!«

Wie jeden Tag klopfte am nächsten Morgen der junge städtische Seuchenarzt und trat zu einer kurzen Besprechung ein, bevor sie zur gemeinsamen Visitation aufbrachen. Im Arbeitszimmer des Stadtphysikus verlas er zuerst, welche Todesfälle gemeldet worden waren, dann nannte er die neu infizierten Erkrankungen. Auch an diesem Morgen überstiegen die neuen Zahlen wieder die des Vortages. Der Arzt notierte sich mit ernster Miene alle neuen Erkenntnisse in seine Bücher. Hinzugekommen war unter anderem die Frau des Stadtbaumeisters Stifter, die er persönlich kannte. In Gedanken versuchte er sogleich wieder, Zusammenhänge zu erkennen. Häufungen aus spezifischen Stadtvierteln, Altersgruppen, Berufszünften waren wieder nicht auszumachen.

Das Haus des Stadtbaumeisters befand sich nur wenige Straßen entfernt, deshalb wählten sie es als erste Station. Die Straßen waren übersät von Unrat und sie mussten aufpassen, wohin sie traten. Alles lag wie ausgestorben. Die meisten Läden blieben verriegelt und selten sahen sie eine Gestalt schnell in eine Eingangsdiele huschen und die Haustür in den Rahmen schlagen. Die Männer waren in lange schwarze Roben gekleidet.

Der Physikus betrat die Kammern der Patienten nur in Schutzkleidung. Anfangs ließ die krähenhafte Verkleidung die Bürger erschaudern, doch inzwischen hatten sie sich an diese Erscheinung gewöhnt. Über die Schultern des gewachsten Stoffmantels fiel der Kragen einer furchterregenden Schutzmaske, worin Glasscheiben für die Durchsicht eingesetzt waren. Ein langer schwarzer Schnabel fasste duftende Kräuter wie Wacholder und grüne Minze, um den furchtbaren Gestank der offenen Eiterherde ertragen zu können. Damit keinerlei Hautkontakt möglich und nötig war, hielt der Arzt einen Zeigestab in der Hand. Die Stifterin, von der nur ein rundliches Gesicht aus der weißen Kopfhaube herausschaute, erschrak, als die vermummten Gestalten eintraten. Im ersten Moment wähnte sie den Sensenmann an ihrer Bettstatt, doch der Stadtbaumeister beruhigte sie mit vielen weinerlichen Worten. Die Kammer lag dunkel und nur eine kleine

Öllampe spendete einen hellen Schein. Aus einer Schale auf dem Beistelltisch stieg Weihrauch auf.

»Oh«, stellte Dr. Sandtner sofort fest, »es fehlt an Licht und frischer Luft!«

»Habt keine Angst, liebe Frau, Ihr kennt mich wohl, nur habt Ihr mich in dieser garstigen Verkleidung nie gesehen. Es ist zu unserem Schutze.«

Fenster wurden geöffnet und die Läden zurückgeklappt. Nach beruhigenden Worten und der Vorstellung der Männer wiesen sie die zitternde Frau an, das Oberhemd ausziehen, sodass die sichtbaren Zeichen auf der Haut inspiziert werden konnten. Mit dem Stab zeigte der Arzt die vielerorts ausgeprägten Hautveränderungen, Beulen in einem mittleren Stadium an Hals und Achseln. Sie waren aber zu wenig ausgereift, um sie aufzuschneiden. Durch Beobachtung und Befragung ging er die typischen Symptome durch: Die Patientin bestätigte eine geschwinde Müdigkeit und große Mattigkeit aller Glieder. Bisweilen einen hundserbärmlichen Frost und Schauer über den ganzen Leib, gefolgt von hoher Fieberhitze, die mit unstillbarem Durst einhergeht. Schwindel und Schwachheit des Leibes. Großer Kopfschmerz. Herzklopfen und Herzensangst, Drücken in der Brust.

Stifter verfolgte die Untersuchung und Befragung mit Schrecken. Abschließend wandte sich der Arzt an ihn, und stellte endlich die längst identifizierte Diagnose.

»Mein alter Freund, die Untersuchung lässt leider keinen Zweifel zu, dass es sich bei der offensichtlichen Malignität ausdrücklich um das pestilenzische Fieber handeln muss. Es steht sehr schlimm um dein Weib, aber noch besteht Hoffnung! Ich habe mehrere Patienten, die bereits gesundet, oder auf dem Weg der Besserung sind. Vertraue auf Gott und auf unsere Kunst!«

Dem Stadtbaumeister schlotterten die Knie, dass er sich nicht mehr auf den Beinen halten konnte. Simon bemerkte den Schwächeanfall augenblicklich, stützte ihn, und ließ in auf einen Stuhl gleiten.

Aufgelöst stotterte Stifter einige unverständliche Worte und weinte bitterlich.

Der Arzt verordnete Theriak, ein bei schweren Erkrankungen hoch geachtetes, universelles Heilmittel. Dazu sollten fiebersenkende Kräuter, Gewürzwein und eine Einreibpaste für die Haut Linderung bringen.

»Am besten verlangst du nach Therika aus Venedig. Es ist teuer, aber bekanntermaßen bringt es bessere Resultate!«

Und um selbst gesund zu bleiben, gab Doktor Sandtner seinem Bekannten viele Ratschläge für den Umgang mit der Patientin.

»Die Ansteckungsgefahr ist sehr groß, deshalb sollten alle Gegenstände, die dein Weib seit der Erkrankung berührt hat, in Essig gewaschen werden. Hautkontakt ist zwingend zu vermeiden. Überhaupt soll Abstand eingehalten werden. Bestenfalls sollen Sachen mit Stock oder Zange gereicht werden. Räuchern von Myrrhe, Minze, Rosmarin ist hilfreich, nachdem frische Luft eingelassen wurde. Morgen werde ich mit einem Bader in dein Haus kommen, der die Bubonen öffnen wird.«

Der brave Stadtbaumeister wischte sich mit dem Handrücken Tränen und Rotz von der tropfenden Nase, dann holte er ein Sacktuch heraus und schnäuzte sich laut. Endlich erhob er sich kopfschüttelnd und folgte den Ärzten, die sich bereits zurückgezogen hatten und auf die große Diele hinausgegangen waren.

»Wartet, ihr Meister!«, rief er ihnen nach, bevor sie die Treppe in das Erdgeschoss hinunterstiegen. »So arg es auch um mein liebes Weib stehen mag, ich bitte euch inständig, ihr Leben zu retten. Ich will euch alle Mittel geben, die dafür notwendig sind!«

»Wir werden alles tun, was in unserer Macht steht, verlass dich drauf! Aber seid vernünftig und haltet sie in Quarantäne! Auch dein Leben und das Leben deiner Kinder sind in Gefahr!«

»Ich will alles befolgen, wie du es sagst, und sei gewiss: Es ist mir nichts zu teuer, was das Leben meiner Lisbeth retten kann!«, beteuerte er. »Wenn ich nur wüsste, woher die Krankheit gekommen ist!

Soviel ich weiß, hatte sie keinen Kontakt mit anderen Kranken. Aber in unserer Nachbarschaft lebt ein Jude und vergangene Woche war sie bei ihm in seinem Geschäft. Was meint ihr? Könnte es sein, dass dieser Kerl etwas damit zu tun hat?«

»Ich würde zwar nicht beschwören, dass es dort NICHT hätte passieren können, doch ich möchte den Mann keinesfalls eines Verbrechens bezichtigen. Ich bin ja selbst auf der Suche und forsche unentwegt nach den Wurzeln dieses Übels. Aber glaube mir, es gibt keinerlei Hinweise, dass Juden etwas damit zu tun haben. Sie liegen genauso auf den Leichenkarren wie wir Christen!«

»Nun, Meister, ich bitte dich, komm morgen, wie du gesagt hast, wieder und verzeih diese Frage!«

»Gott segne dieses Haus! Herrgott hilf diesen armen Seelen«, sprach der alte Arzt laut, als er das Zeichen, das rote Kreuz, von außen an die Haustür malte.

Nachdem ein Pfarrer den Segen gesprochen und den Altarraum mitsamt seinen Messdienern verlassen hatte, leerte sich allmählich das gewaltige Kirchenschiff des Doms. Die Gläubigen traten auf den Mittelgang hinaus, schlossen mit einer tiefen Kniebeuge und trotteten nach hinten zum großen Portal. Ein Mesner löschte Kerzen aus, und Simon beobachtete, wie weißer Wachsrauch von den glühenden Dochten aufstieg. Er verweilte weiter auf seinem Platz und wartete ungeduldig auf Rupert, der jeden Moment aus der Sakristei kommen würde. Er hatte die Abendandacht als Messdiener mitzelebriert.

Es dauerte. Nach einiger Zeit trat der junge Herr aus der Sakristei und setzte sich zu seinem Freund, der inzwischen ganz nach vorne gekommen war. Eine kurze Weile schwiegen beide. Die Kirche war inzwischen fast leer. Nur ganz wenige Gläubige waren zurückgeblieben, die, in intimes Gebet versunken, mit gefalteten Händen harrten.

»Was ist mit dir, Simon?«, flüsterte der hagere Dominikaner in neuer Tracht. Über der weißen Tunika trug er den schwarzen Ordensmantel mit Kapuzenkragen, der nach seinem Dienst mit dem Rauchfass süßen Weihrauchduft verströmte.

»Hast du ein wenig Zeit zum Reden?«

»Ja, sicher, lass uns in eine Seitenkapelle setzen!«

Rupert, dessen Ordination zum Kaplan unmittelbar bevorstand, stolzierte mit selbstbewussten Schritten voraus. Seine glänzenden, neuen Lederschuhe klapperten auf den Marmorplatten. Vor ihm lag eine vielversprechende Zukunft. Ein Amt voller Ansehen im prunkvollen Dom, umströmt vom Geruch der Heiligkeit. Kein Wunder, dass er die Nase seit ihrem letzten Gespräch ein wenig höher trug.

Der junge Arzt dagegen schlich wie ein Hund mit hängenden Schultern hinterdrein. Er ließ sich zu Füßen des heiligen Hieronymus auf die Bank fallen und seufzte leise.

»Ich brauch deinen Rat, Rupert!«

»Immer zu, mein Freund, was quält dich?«

»Ja, du sprichst richtig. Es quält mich etwas! Ich habe dir ja erzählt, dass ich nicht bleiben will. Ich kann nicht zu den Kranken gehen, bis mir der Tod selber hinter den Schädel springt. Mein Entschluss steht fest, aber ich bringe es nicht übers Herz, es meinem Vater zu sagen. Er ist davon überzeugt, dass wir das Fieber erforschen und den Tod besiegen können. Aber das ist doch Idiotie! Dabei setzt er seine ganze Hoffnung ausgerechnet auf mich.«

Rupert überlegte, und wie immer kniff er dabei seine Augen zusammen und biss die Zähne aufeinander, sodass die Kiefermuskeln hervortraten und seine quadratische Gesichtsform verstärkten. Was sollte er nur raten, da er Simons Entschluss selbst nicht gutheißen konnte?

»Praktizierst du mit dem Herrn oder gegen den Herrn?«

»Was? Was meinst du damit?«

»Wenn du praktizierst, also als Arzt handelst, wünscht du den Patienten in Gottes Namen Gesundheit? Ergibt Glaube und ärztliche Behandlung für dich eine Einheit oder meinst du, dass deine Kunst im Widerspruch zur Göttlichkeit steht?«

»Nein, nein, natürlich handelt der Arzt nicht entgegen dem göttlichen Willen. Ich weiß zwar, dass es diese Meinungen gibt, aber das glaube ich ganz und gar nicht! Ich praktiziere mit gutem Gewissen und hoffentlich mit Gottes Segen. Ich meine eher gegen die Fallstricke des Satans anzukämpfen! Aber was hat das mit meinem Vater zu tun? Mir fehlen die richtigen Argumente, die meinen Vater dazu bewegen könnten, Salzburg zum eigenen Schutz vorübergehend zu verlassen. Er ist so stur!«

»Dein Vater praktiziert gegen die tödliche Gefahr des Bösen, weil er davon überzeugt ist, das Richtige zu tun. Er vertraut auf den Segen des Herrn!«

»Rupert, ich will nach Regensburg gehen und weiß nicht, wie ich es meinem Vater sagen soll. Er wird es nicht verstehen können. Ich kann es ihm einfach nicht ins Gesicht sagen, aber ich kann auch nicht bleiben!«

Eine Weile stierten beide ohne ein Wort auf die Füße des Heiligen Hieronymus.

»Welchen Rat erwartest du von mir, Simon? Du willst fort, aber du bist zu feige deinen Vater damit zu konfrontieren. Entschuldige bitte – ich will ganz offen zu dir sprechen. Versteh es bitte nicht falsch! Wenn Freunde nicht zueinander sagen dürfen, was sie ehrlich denken, wer dann? Mir fällt nur eine weitere Option ein: Du schreibst einen Abschiedsbrief, in dem du deine Gründe darlegst und verschwindest heimlich. Dazu will ich dir jedoch nicht raten! Nein! Tut mir leid! Du kannst dich auch aufhängen – ja, das ist auch noch eine Option. Dazu rate ich dir aber auch nicht!«

»Du bist mir keine große Hilfe, Rupert!«

»Hm, vielleicht doch? Ich habe dir Alternativen aufgezeigt und fasse es nochmal verständlich und knapp: Wenn du dich wegschleichst, dann verlierst du in jedem Fall deine Ehre und auf der Reise vielleicht sogar noch dein Leben, wenn dir Räuber ans Leder wollen. Im andern Fall, also wenn du bleibst, behältst du deine Ehre, mit Gottes Segen dein Leben, aber ein gewisses Berufsrisiko bleibt bestehen. Bei Selbstmord verlierst du Ehre und Leben – das fällt weg. Simon ich kann dir nichts anderes raten, als zu bleiben und im Namen Jesu dein Bestes zu geben. Die Hoffnungen deines Vaters sind nicht unbegründet. Ich bitte dich, bleib! Ich werde für dich beten!«

Simon war aus dem Portal getreten und hatte den Domplatz hinter sich gelassen. Die Gassen Salzburgs lagen in nächtlicher Finsternis. Eigentlich wollte er sich für die Einkehr in der Schanzlgasse revanchieren und Rupert in eine gemütliche Weinstube abschleppen, doch die Laune war ihm verdorben. Nun gab es niemanden mehr, dem er sich anvertrauen konnte. Simon fühlte sich unverstanden und einsam. Wenn erst diese schwere Zeit überwunden wäre, dann gäbe es keinen Grund, aus Salzburg wegzugehen. Simon sah durchaus die

Verantwortung, hineinzutreten, die Reihen zu schließen und den Kampf gegen den Tod aufzunehmen. Jetzt war die Zeit zu zeigen, wofür er jahrelang studiert und sich vorbereitet hatte. Doch er fühlte sich nicht gewappnet. Gerade noch hatte er die Schulbank gedrückt und sah sich nun einem übermächtigen Feind gegenüber. Wer konnte das von ihm verlangen? Sein junges Leben verlangte auch Verantwortung und Vorsicht. Ihn anzuklagen, war nicht recht!

Er musste aufpassen, nicht in die Odelrinnen zu treten oder über Unrat zu stolpern. Einmal spürte er einen kleinen weichen Körper. Eine sterbende Ratte fiepte unter seinem Schuh. »Mistvieh!«

Die Ratten lagen überall herum. Unglaublich, dass es so viele in der Stadt gab. Angewidert und aufmerksam machte er sich auf den Weg nach Hause. Die Straßen lagen kalt und grau und tot und stinkend. Aus Fensterscheiben, hinter denen ein Span oder eine Lampe mattes Licht spendete, fiel ein fahler Schein. Als er sich nach einem klappernden Totenkarren umblickte und in die Hanfgasse einbog, packte ihn plötzlich eine Hand am Arm. Simon fuhr erschrocken herum und schrie laut auf, als er die hässliche, zerlumpte Gestalt gewahrte, die sich nach ihm ausstreckte. Eine zerfurchte, einäugige Fratze schielte ihn mit geneigtem Kopf an. Vermutlich war der Mann nichts weiter als ein armer Bettler, der Simon in panische Angst versetzte und ihn Reißaus nehmen ließ.

»Nein!«, keuchte er hustend, als er in der Getreidegasse endlich zum Stehen kam und sich gegen einen Brunnen lehnte. Die Wolken über ihm rissen auf und gaben am Nachthimmel freie Sicht auf die Mondsichel.

Es ist die Sichel des Schnitters, der reichlich Beute macht in dieser Nacht, wie sie ihm gerade in die Klinge läuft. Sei sie jung oder alt, arm oder reich, studiert oder dumm.

Nein, Herrgott! Ich fliehe nicht feige vor dem Feind, aber ich muss diesen Feind doch erst kennenlernen, bevor ich ihn besiegen kann. Durch und durch will ich ihn ergründen. Ich werde an einem anderen Ort weiterforschen, bis du mich rufst. Dann will ich aufstehen und kämpfen!«

Am übernächsten Abend saß der alte Dr. Sandtner wieder über den Büchern und war drauf und dran, alle Aufzeichnungen, genauso wie vor kurzer Zeit seine beschmutzten Hemden, aus dem Fenster zu werfen. An diesem Morgen waren ihm 21 Sterbefälle gemeldet worden, darunter Lisbeth Stifter, die Frau des Stadtbaumeisters. Und ihr Gemahl lag seit letzter Nacht im verzehrenden Fieber. Der Arzt war mit seinem Latein am Ende. Er hatte bereits all seine medizinische Kunst angewandt und auf des Patienten Wunsch auch den verhassten Aderlass nochmal praktiziert. Der Mann war in einem elenden Zustand und würde die Nacht nicht überstehen. Da saß er an seinem Schreibtisch, der große Arzt, auf dem die Hoffnung des Stadtrats ruhte. Und doch wusste er nichts weiter zu tun, als Akten anzulegen und mit dem Vermerk ‚mortuum' abzuschließen. Einige wurden gesund, das war wohl wahr, doch es gesundeten auch Todgeweihte, die nicht in seiner Behandlung standen. Alles schien sinnlos. Wie so oft ertränkte er die Hilflosigkeit mit Weinbrand. Das Glas hatte er an diesem Abend ungehalten von der Tischplatte gewischt und soff den Schnaps direkt aus der Flasche.

Erst beim zweiten Klopfen nahm er das Zeichen wahr und rief ein fahriges: »Was gibt's?«

Simon steckte den Kopf herein.

»Kann ich mit Euch reden?«

»Ah, Simon. Muss's heute noch sein?«, gab der Vater zurück, da er seinen Zustand gerne verbergen wollte.

»Ja, Vater, ich muss noch mit Euch sprechen!«

Simon verzettelte sich nicht in vielen Worten. Er formulierte es frei heraus. Da er sich für die schwierige Aufgabe des Praktizierens in der Hochphase des Fiebers nicht reif fühle, wolle er nach Regensburg reisen und dort bei angesehenen Ärzten noch mehr in der Seuchenbehandlung forschen. Er wolle nicht wie so viele seiner Kollegen unbedarft in die Grube fallen.

Der Vater wandte sich ab, senkte den Kopf und schloss die Augen. Der Schädel brummte und er konnte keinen klaren Gedanken fassen. Was sollte er dagegenhalten? Gab es etwas dagegenzuhalten? Gerade eben, bevor Simon das Arbeitszimmer betrat, waren die eigenen Gedanken die Gedanken seines Sohns. Trotzdem verspürte er Trauer und auch Zorn.

»Du bist Arzt!«, hob der Vater an. »Es gibt sicher noch etwas zu forschen, das wird sich aber niemals ändern. Es gibt nach jedem verliehenen Diploma neue Erkenntnisse zu ergründen, glaub mir, das wird niemals aufhören. Trotzdem musst du anfangen zu handeln! Es ist nie genug und gleichzeitig ist es immer genug!«

»Nein Vater, ich habe zu viel Ohnmacht gesehen, als dass ich glauben könnte, ich hätte dieser maledeiten Seuche etwas entgegenzuhalten. Ich nicht, und – verzeiht mir bitte, Ihr auch nicht!«

Die scharfen Worte trafen den alten Arzt sehr. Nicht etwa, weil sie verletzend waren, sondern, weil sie in Wahrheit seiner eigenen Erkenntnis entsprachen.

Nach einem kurzen Schweigen fügte er hinzu: »Unsere Waffen sind stumpf, sie sind unbrauchbar. Aber ich verspreche, dass ich mit der Schärfe des Schwerts zurückkommen werde. Lasst mich gehen, Vater! Ich will Euren Segen dazu. Lasst mich bitte gehen!«

Die Glocken der Bartholomä-Kirche riefen die Simbacher Bürger zur sonntäglichen Messe. Es war Mitte Juli und der strahlend blaue Himmel verhieß wieder einen heißen Tag. Glücklich war, wer an diesem Morgen ein frischgewaschenes Hemd in die Beinlinge stopfen konnte, denn die meisten einfachen Leute besaßen nur wenige Kleidungsstücke. Ihre Hemden trugen sie tagein und tagaus. Mit ein und demselben Hemd versorgten sie tagsüber die Säu und Ziegen und nachts legten sie sich damit auf den Strohsack schlafen.

Sebald, der Bader, ging nie in einem schmutzigen Hemd zur Messe. Er konnte den Gestank nach Schweiß nicht ertragen. Das kurzgeschnittene dunkle Haar frisierte er stets mit einem wohlriechenden Öl aus dem Gesicht. In seinen Badestuben duftete es nach Kräuteressenzen und manchmal nach Räucherwerk. Selbstredend strahlte sein Hemd an diesem Morgen blütenweiß. Er trug ein leichtes Wams darüber und seine Schuhe waren aus weinrotem Leder gefertigt. Aber trotz aller Reinlichkeit und Vornehmheit, die er mit gehobener Brust zur Schau trug, war er bislang unverheiratet geblieben. Der beliebte Bader hatte bei der Wahl der Frauen ebenso eine feine Nase. Lange Zeit war ihm kein Mädel als Eheweib gut genug gewesen, und er hatte sich ersatzweise mit seiner Magd vergnügt. Das arme Ding musste in Folge dessen bereits einmal ein Kind austragen. Es starb.

Seitdem Sebald die Badstube betrieb, machte er sich aber Gedanken darüber, bald eine eigene Familie zu gründen. Sein Verlangen hing einem ganz bestimmten Weibsbild an, das er heute in der Messe zu sehen hoffte.

Die Kirche füllte sich rasch, denn seit Simbach abgeriegelt war, verbreitete sich die Kunde, dass der Herr Vikarius dieses in der Räteversammlung gefordert und durchgesetzt hatte. Wie zu einem hohen Feiertag kamen die Bürger und belegten ihre von Alters her gewohnten Stammplätze in den Bänken. Ein regelrechtes Gedränge setzte ein. Sie alle wollten mehr erfahren über die drohende Gefahr.

Sebald war ebenso neugierig, aber zuallererst wollte er die heimliche Liebe sehen. Bislang hatte er keine Gelegenheit gefunden, mit ihr ins Gespräch zu kommen. Er schielte hinüber auf die Weiberseite. In den Kirchenbänken hatte jeder seinen festen Platz. Wer es sich leisten wollte, der ließ sich für einen kleinen Obolus ein mit Blümchen oder Ornamenten verziertes Namenschild an die Sitzbank nageln. Die anderen Kirchgänger fanden ihren Platz, auch ohne Schild, aus der Gewohnheit heraus. Die letzten Schläge des ‚Zusammenläutens' verhallten, doch er konnte sie nicht entdecken. Er saß in der hinteren Hälfte der Männerseite und drehte immer wieder den Kopf, um nach seinem Mädel Ausschau zu halten. Kurz vor dem Schlag der Sakristeiglocke eilte sie endlich herein, knickste kurz und drängte sich in die Stuhlreihe auf der anderen Seite. Nur der Mittelgang trennte ihn von seiner heimlichen Liebe.

Die schwarzbraunen langen Haare steckten, zu einem Haarkranz geflochten, auf ihrem Hinterkopf. Trotz der fortgeschrittenen Sommerzeit erstrahlte ihr Gesicht in vornehmer Blässe. Sebald war selig. Er würde aufpassen, und am Ende der Messe zum richtigen Zeitpunkt aufstehen und neben ihr hinausgehen können. Eine gute Gelegenheit für ein paar Worte!

Der Herr Vikarius sprach ernst. Er zelebrierte den lateinisch-katholischen Ritus in besonders ehrwürdiger Andacht. Endlich setzte er zur Predigt an, auf die die Simbacher Bürger gewartet hatten. Wie entfesselt redete er sich in Rage und warf den Gläubigen ihre Sündhaftigkeit vor. Wie vor den Gemeinderäten beklagte er das Versagen, erinnerte an die Versprechen im letzten Jahr, als die Schweden Not und Leid brachten. Er bezeichnete das Dorf als einen Sündenpfuhl, in dem Ausschweifung und Boshaftigkeit regiere. Das Tanzhaus sei eine Schande für die ganze Christenheit und er habe mit den Räten und dem Kämmerer darüber befunden. Die Tanzgesellschaften müssten ausgesetzt werden und jedermann solle Buße tun. All die

Einschnitte würden dem Wohle und der Gesundheit dienen, denn noch war Umbach verschont. Die Gnade Gottes ruhe bis jetzt auf der Gemeinde. Es sei an der Zeit, die Hand gen Himmel auszustrecken und dem Teufel zu widersagen.

Sebald fühlte regelrecht einen Stich ins Herz. Er hatte so sehr gehofft, beim Annatanz in vierzehn Tagen Magdalin zu treffen und ihr endlich seine Liebe bekunden zu können. Er verzog das Gesicht, als hätte er ein bitteres Kraut eingenommen und spähte sehnsüchtig zu Magdalin hinüber. Die Tochter des Bierbräus schien ebenso verunsichert und enttäuscht. Ihre Blicke trafen sich rebellierend, doch als Sebald trotz allem darauf ein Lächeln über den Mittelgang schickte, wandte Magdalin irritiert ihr Gesicht ab.

In langsamem Schritt kam Simon auf seinem Hengst die Anhöhen des Kollbachtals herauf. Wieder viel Holz, wieder viel Anspannung, denn Simon hasste die dunklen Wälder, wo er leicht Zielscheibe von Überfällen werden konnte. Vor einer halben Stunde hatte er eine kleine Ansiedlung an dem Flüsschen passiert. Er hätte dort nach einem Quartier fragen sollen. Unweit der Brücke, die nur für ein Fuhrwerk ausgelegt war, stand ein wuchtiges Herrenhaus mit hohen Giebeln. Die Fassade war frisch getüncht und strahlte in der gelben Abendsonne. Etliche Nebengebäude und Pferdekoppeln untermauerten den Wohlstand der Familie. Weniger attraktiv präsentierte sich das Wirtshaus. Es wirkte alles andere als einladend. Simon konnte keine Ställe für Vieh, keine Scheune für eigenes Korn entdecken. Eine verkommene Bauernschenke, in der er nicht Quartier nehmen wollte.

Ein leichter Wind kam auf und blies graue Wolken ostwärts. Sie waren schön anzusehen, denn sie schwebten in verschiedenen Schichten. Niedrigere dunkle Fetzen trieben schneller als die höheren weißen Haufenwolken. Ein erster kühler Regentropfen traf die Stirn des jungen Reiters. Von Ferne sah er ein Wetterleuchten und hörte das leise Grollen von Donner. Was, wenn ihn der verstockte Geißenhirte am Wegesrand angeschmiert hatte? In weniger als einer Stunde werde er den Markt Simbach erreichen. Sollte er nochmal umkehren und im Herrenhaus oder im Pfarrhaus sein Glück versuchen? Das Pferd schnaubte unruhig und warf den Kopf zur Seite, als wieder Blitze am Himmel zuckten. Das Tier wollte voran und den lästigen Bremsen entkommen, die in der Schwüle des Abends allmählich unerträglich wurden. Sein schweißnasses Fell glänzte. Der Schweif erwehrte, soweit er den Körper erreichen konnte und mit einem Male erstarkte es in einen langsamen Trab. Als sie die Anhöhe erreichten, fielen schwere Regentropfen. Der Hirte hatte nicht gelogen – vor ihnen breitete sich der Marktflecken aus, der von der Südseite kommend, der Bergseite aus, wunderschön zu überblicken war. Die Straße durch den Ort schwang sich um die Kirche, die ein Turm mit Treppengiebel zierte, talwärts. Ohne Muße für eine genaue Betrachtung schätzte der Reiter drei- bis vierhundert Einwohner und folgte weiter dem Weg.

Am Ortseingang versperrte ihm ein Schlagbaum den Zugang. Simon wunderte sich, doch sogleich sprang aus dem Mauthäuschen, das wie ein Abort wirkte, ein Büttel heraus. Vor dem Reiter stand ein Mann in altem Soldatenmantel, bewaffnet mit einer Hellebarde, die ihn um Haupteslänge überragte.

»Halt, mein Herr!«, rief er ihm zu.

»Gott zum Gruße, Mann! Ich bin auf der Reise und brauche ein Quartier für die Nacht. Wohl an, öffnet mir das Tor!«

»Es tut mir leid, aber ich darf nicht einlassen!«

Simon ahnte Böses. Er wusste, dass manche Ortschaften, in denen das Fieber wütete, sich abriegelten. Gerade davor war er doch geflohen.

»Was soll das heißen, du darfst nicht einlassen? Seid ihr etwa vom Fiebertod befallen?«

»Eben nicht, mein Herr. Und das soll auch so bleiben. Wir lassen niemanden mehr herein, bis der Tod über Land geraubt hat, wen immer er will.«

»Von mir geht keine Gefahr aus, das kannst du mir glauben, Mann!«

»Ja, das kann schon sein, aber ich hab meinen Befehl. Der Schlagbaum muss zubleiben. Es kommt keiner herein. Dafür werde ich bezahlt.«

Simon war verärgert. So etwas hatte er überhaupt noch nicht erlebt. Verseuchte Orte wurden verschlossen, aber nicht gesunde! Die Gewissheit auf ein heiles Umfeld bestärkte in ihm den Willen, hier zu übernachten. Er versuchte es mit einem kleinen Obolus, aber der Büttel ließ sich nicht darauf ein. Simon musste einsehen, dass mit dem Mautwächter kein Übereinkommen möglich war. Der würde nicht gegen seine Vorschriften handeln. Er verlangte deshalb nach einem befugten Vertreter, dem Kämmerer. Wenn sie erst erkennen würden, welch besonderer Gast er war, so dachte Simon, dann stünde der Einquartierung sicher nichts im Weg.

»Ich möchte mit dem Kämmerer sprechen – der soll entscheiden!«, so forderte er.

Der Büttel wusste nicht recht, was er tun sollte. Bisher hatte er alle, die hier vorsprachen, weggeschickt. Aber er erkannte natürlich den höheren Stand des jungen Herrn.

»Versprecht hier zu warten, dann will ich ihn holen!«

Nach einer Weile kam der Bürgerknecht wieder angelaufen und keuchte außer Atem: »Ich führe Euch zum Rathaus. Dort will der Herr Kämmerer Euch anhören! Vielleicht habt ihr Glück.«

Simon war abgestiegen und führte sein Pferd am Zügel. Als Erstes kamen sie an einer Baustelle vorbei, wo tagsüber die Balkenkonstruktion von zwei Seiten mit Brettern eingeschlagen worden war.

»Ein Armenhaus?«, fragte Simon, der sich über die geringen Ausmaße wunderte.

»Eine Kapelle! Unser Herr Vikarius fordert Opfer, um den Herrgott gnädig zu stimmen. Zu Ehren des Heiligen Sebastian!«

Sie passierten die Wohnhäuser und Werkstätten der Handwerker. Gasthäuser waren am grünen Kranz an der Haustür zu erkennen. Dann erreichten sie das Rathaus, das linker Hand am Beginn des Marktplatzes stand, dessen Giebel Malereien mit dem Baujahr 1474 zierte. Der Büttel übernahm die Zügel und führte den stolzen Hengst durch die kleine Seitengasse zur Rückseite des Hauses, wo er sich damit in einer offenen Scheune unterstellen, und sich vor dem Regen schützen konnte.

Nach einer halben Stunde waren drei weitere Männer eingetroffen. Sie bildeten zusammen mit dem Kämmerer den inneren Rat der Marktverwaltung. Simon stellte sich vor und musste dann sein Anliegen rechtfertigen, bevor die Herren eine Entscheidung treffen wollten. Es war schon recht dunkel geworden und Simon begehrte nach dem anstrengenden Tag nur mehr eins: ein Bett zum [illegible].

»Ehrenwerte Räte! Ich danke Euch, dass Ihr mich anhören wollt. Ich hatte ja bereits von Ferne von eurer Freundlichkeit gehört, und nur aus diesem Grunde bin ich bis zum Einbruch der Nacht durchgeritten, um hier bei Euch Quartier zu beziehen. Ich bin vor vier Tagen in Salzburg aufgebrochen, um nach Regensburg zu reisen, denn ich werde dort am Herzogshof meinen Dienst als Advokat antreten.«

»Werter Herr, es freut mich, dass Ihr gute Kunde unseres Ortes wegen vernommen habet, aber die Entscheidung ist lange getroffen, dass wegen der grassierenden Seuchen niemand mehr zu uns hereintreten soll. So gern ich persönlich Euch aufnehmen möchte, aber wenn wir gestern sagten ‚Hü', dürfen wir nicht heute ‚Hott' sagen. Wir sind uns wohl Ihres Standes bewusst und möchten Herberg geben, doch macht es unser Ansehen faul.«

»Ich bitte Euch, verehrte Räte! Könnt Ihr mich denn hinausschicken in das Gewitter und in die Nacht. Ihr könnt es nicht wollen! Nie wäre ich schlechter gefahren als ausgerechnet in diesem freundlichen Markt.«

Die Entscheidung fiel schnell. Den hochgestellten jungen Herrn abzuweisen, kam nicht infrage. Sie mussten ein Auge zudrücken. Er war eine Zierde und hatte gewiss den Beutel voller Silber. Ott wollte ihn gleich mitnehmen und ihm eine gute Kammer richten. Als der Bierbräu den stattlichen Hengst erspähte, der ihn mit wilden großen Augen ansah, war er sehr beeindruckt. Der Sattel und das Zaumzeug waren in allerbester Handwerkskunst gefertigt. Ott hatte schon vielen Gäulen Unterstand und Hafer gegeben, aber das Tier dieses jungen Mannes war etwas ganz Besonderes. Er strich mit der Hand über dessen Hals. Die Statur des jungen Hengstes verkörperte Stolz und Kraft. Er führte ihn hinaus auf den Marktplatz und seinem Anwesen zu, wo sich sein hinkender Bräuknecht gleich darum kümmern sollte. Der betagte Martl war schon über die Fünfzig drüber und hatte sich unglücklich den Knöchel verstaucht, als er auf der Treppe ausgerutscht und mitsamt einem Sack Getreide die letzten Stufen hinuntergefallen war. Seit ein paar Tagen hockte er in der Stube, aber damit sollte jetzt endlich Schluss sein.

»... und dass du mir den Hengst gut trockenreibst, Martl! Den kannst du nicht einfach in den Stall einstellen. Lass ihn saufen und gib ihm Hafer. Und vergiss nur ja nicht den Sattel zu fetten, und auch das Zaumzeug!«, wies er ihn aufgeregt an.

Ott brachte Simon in sein Wirtshaus, das eine breite Giebelseite zum Marktplatz zeigte. In der Gaststube saßen ein paar der regelmäßigen Gäste am Stammtisch und rauchten. Er führte ihn in den Nebenraum, damit er sich ausruhen und ohne störende Blicke essen und trinken konnte.

»Entschuldigt bitte, dass ich Euch heute Abend nur mit einfacher Bauernkost dienen kann, aber es ist spät und wir waren nicht auf hohen Besuch vorbereitet.«

Magdalin, die Bräutochter, kochte rasch Bohnen und briet dazu Zwiebeln und ein wenig Speck. Mit einem frischen Krug Bier war diese Speise dem regendurchnässten Reisenden allemal genug und ein Genuss. Ihn verlangte weiter nichts, als einem satten Bauch und einer Liegestatt. Als der Bräu mit ihm die knarrende Treppe ins obere Geschoss hinaufstieg und ihm die Schlafkammer zeigte, war Magdalin damit beschäftigt, im Schein einer Fettlampe das Bett zu richten. Sie schien aufgeregt und neugierig, den Gast zu schauen, obwohl es sich nicht ziemte. Sie solle sich gefälligst abwenden, so hatte ihr der Vater geheißen. Nur für Augenblicke und während er Konversation hielt, wagte sie es trotzdem und schielte aus ihrer wollgrauen Kopfhaube hervor.

Als Simon allein war, sah er sich im schwachen Licht, das die Flamme spendete, um. Der Bierbräu hatte ihn ohne Frage in die größere der beiden Kammern geführt, die er für Gäste bereithielt. Auf einem Beistelltisch mit runden, gedrechselten Beinen stand eine ausladende Schüssel und ein Krug mit Wasser. Er goss ein wenig ein, um sich Gesicht und Hände zu waschen.

‚Oh, wie aufmerksam!', dachte er erstaunt. Das Wasser war warm. ‚Fürwahr ein freundlicher Ort. Hier mag ich es aushalten.'

Nachdem er Wams und Hosen abgelegt hatte, stieg er sogleich ins Bett. Die Decke roch frisch, was für ein Glück. Er dachte an die anstrengenden Reisetage zurück. Die Entbehrungen, die Übernachtung im Wald und die Sorge um Leib und Leben, wo er an seiner Unternehmung sogar gezweifelt hatte. Hier endlich war er sicher. Da er eine passable Herberge gefunden hatte, spielte er mit dem Gedanken, einen ganzen Tag Rast einzulegen. Am darauffolgenden Morgen würde er weitersehen.

Trotz allem fand Simon keinen guten Schlaf in dieser Nacht. Das Gewitter brachte starke Regengüsse und einmal erwachte er vom Klopfen der Hagelkörner, die der Wind an das Fenster blies. Er träumte von Schlagbäumen, die sich nicht öffneten. Immer wieder stand er vor einem fletschenden schwarzen Hund, der nach seinen nackten Füßen schnappte, sobald er einen Schritt am Mauthäuschen vorbei wagte. Solange er vor dem Schlagbaum stand, piksten ihn spitze Steine in die Fußsohlen, sobald er aber Dorfboden betrat, knurrte das finstere Untier.

In den Morgenstunden weckten ihn die Geräusche in Haus und Hof. Nackte Füße schlichen über die Treppe, konnten aber das Knarren des alten Holzes nicht verhindern. Töpfe klapperten, Türen schlugen ins Schloss, Hähne krähten und von Ferne hörte er Hundegebell. Trotzdem blieb er liegen und döste weiter vor sich hin. Der Druck seiner Blase zwang ihn schließlich aus den Federn. Nachdem er den Inhalt des Nachttopfs aus dem Fenster gekippt hatte, schlüpfte er noch einmal zurück und zog sich die Decke bis ans Kinn. Es regnete wieder. Es gab nichts zu versäumen. Das Kruzifix im Herrgottswinkel erinnerte ihn daran, ein Gebet zu sprechen. Simon schloss die Augen und tat es mit Dankbarkeit. Während er im Geist die Verse des ‚Vater unser‘ formte, erinnerte er sich daran, dass er vor den Räten seinen Beruf verleugnet und angegeben hatte, ein Rechtsgelehrter zu sein. So ein Unsinn! Wie sollte er sich nur als Advokat zu erkennen geben. Er würde sich in Acht nehmen müssen, um sich nicht zu verraten. Das Wiehern seines Hengstes rief ihn endlich aufzustehen. Er warf die Decke zurück, tappte wieder zum Fenster und versuchte zu ergründen, wo der Stall wäre. Auf der linken Seite stand ein Gebäude, das zu einem Drittel gemauert und recht neu verputzt aussah. Auf der anderen Seite schloss ein hoher Stadel an das Wohnhaus, an dem eine Außentreppe zum Getreideboden hinaufführte. Darunter stand eine hohe doppelte Tür offen, aus der eine Spur von verlorenem Stroh herausführte. Hier vermutete er sein Pferd.

Unten in der Stube war bereits für ihn aufgetragen. Eine Milchsuppe dampfte verführerisch und frisches Dinkelbrot lag in Scheiben aufgeschnitten, dazu ein Becher Wein. Als er eintrat, hörte er, wie Ott mit seiner Tochter schimpfte.

»… das passt ja wunderbar zusammen: ein rückengeplagter Bierbräu und ein alter, fußkranker Knecht! Es ist nicht meine Sache, wenn er zu nichts mehr taugt. Ich brauche einen, der die Gerste tragen und das Malz schaufeln kann. Auch ohne verstauchten Haxn kann er die Säcke kaum noch stemmen.«

»Aber er hat sich nie geschont. Mein Lebtag weiß ich den Martl als unseren braven Hausknecht. Der hat doch immer die ganze Arbeit gemacht. Sommer wie Winter, Werktag wie Feiertag. Der Martl gehört hier her, auch wenn es langsam weniger wird, was er leisten kann!«, protestierte Magdalin.

»Heut brauch ich einen, der mir die Gerste hinaufträgt und hab keinen. Und morgen brauch ich einen, der die Fässer aus dem Kellergang holt, und ich hab keinen! Und wenn ich den Martl zum Teufel jag, dann geht es dich nichts an!«

»Aber weißt du denn nicht mehr, was du der Mutter selig versprochen hast?«

Simon hörte einen heftigen Knall, so wie eine Faust auf die Tischplatte schlägt, und erschrak dabei.

»Jetzt halt aber den Mund und sieh zu, dass du dich um die Säu kümmerst!«, brüllte der Vater.

Gleich darauf huschte Magdalin mit tränenden Augen an ihm vorbei. Verlegen stieß er ein »Guten Morgen, Fräulein!« hervor, doch sie biss sich umso mehr auf die Lippen.

»Guten Morgen, junger Herr!«, antwortete Ott, der den Gruß gehört hatte und daraufhin im Türrahmen erschien.

»Ich muss mich für meine Tochter entschuldigen. Sie hat keine Manieren. Bitte seht es uns nach! Ihr werdet hungrig sein. Setzt Euch und esst!«

Obwohl der Bräu seinem Gast gegenüber wieder freundlich war und von der prächtigen Entwicklung des Ortes erzählte, konnte er seine besorgte Erregung nicht verbergen. Wiederholt dackelte er zum Fenster und schaute hinüber zum Stall, wohin er Magdalin geschickt hatte. Er liebte seine Tochter sehr, und er hasste sein oft aufbrausendes Temperament ihr gegenüber. Magdalin war sein einziges Kind und die Rosl, seine liebe Frau, war ihm schon vor vielen Jahre verstorben. Oft war es wohl gerade dieser Verlust, der seinen Zorn schürte, doch nach einem Streit blieb immer eine große Traurigkeit.

Simon durchschaute den alten Bräu, der auf den Hof hinaus starrte und verlegen die Bartstoppeln rieb. Die Unruhe und das schwere Atmen verrieten sein schlechtes Gewissen. Simon begann seinerseits zu erzählen, wie er nach dem Tod seiner Geschwister als Einzelkind aufwachsen musste. Eine Familie ohne eine Schar Kinder war ungewöhnlich und gebar Fragen nach dem Segen Gottes.

»Lieber Herr Wirt, ich habe eure Klage um den verletzten Knecht mitanhören müssen – ohne dass ich es wollte, versteht sich! Wenn Ihr es erlaubt, dann will ich Euch aushelfen und die Gerste tragen.«

Ott wurde rot und erwiderte gleich: »Nein, nein. Ihr seid Gast in meinem Haus.«

»Und ich fühle mich auch sehr wohl in Eurem Haus, aber ich sehe es als meine Christenpflicht, es zu versuchen. Wohl wahr, ich bin weder stark noch geschickt, aber heute will ich es tun. Wie viele Säcke sind es denn?«

»Es sind nur zwölf, aber lasst es lieber!«

»Diese will ich hinauftragen, mein Freund!«

Nachdem Simon nach seinem Rappen gesehen hatte, ließ er sich die Örtlichkeiten zeigen. Er zog sich nochmal kurz in die Schlafkammer zurück und beobachtete von dort den Hof. Wenn möglich, dann wollte er die Säcke unbeobachtet auf den Darreboden tragen. Erst nach etwa einer Stunde schlich er sich hinunter, wo unter dem Vordach des großen Stadels die Säcke abgestellt waren. Er packte den ersten und hob ihn auf den zweiten in der Reihe, dann drehte er sich um, ließ sich den oberen langsam auf den Rücken nieder und balancierte das Gewicht aus. Mit der linken Hand hielt er den Sack, mit der rechten griff er den Handlauf der Holztreppe und schleppte sich nach oben. Im Innern des Getreidebodens ging es nochmal ein kürzeres Stück aufwärts in den Darreraum, wo ein Kaminofen für die notwendige trockene Hitze sorgte. Solange er sich auf der Außentreppe aufhielt, versuchte er dem Hustenreiz nicht nachzugeben, doch sobald er die Tür erreicht hatte und ins Innere treten konnte, musste er furchtbar husten. Schon als er seine erste Ladung absetzte, keuchte er bedenklich und sog in tiefen Zügen die Luft in seine Lungen. Mit zunehmender Zahl der Lastengänge fiel ihm das Treppensteigen immer schwerer und schließlich musste er nach jedem abgestellten Sack eine kleine Pause einlegen. Doch er schaffte es. Er schlüpfte in den Stall, wo sein Pferd stand, und lehnte sich dagegen. Sein Herz raste und er spürte ein Pochen an seinen Schläfen.

»Ich habs geschafft, alter Junge!«, flüstere er ihm erleichtert zu und wischte sich den Schweiß von der Stirn. Der Hengst schnaubte und stampfte mit dem Vorderhuf.

»Zum Bräuknecht tauge ich trotzdem nicht, das steht fest. Gegen mich ist der alte Martl immer noch ein Gewinn.«

Er wischte sich die Nase. Inzwischen regnete es nicht mehr. Nachdem er sich erholt hatte, schlenderte er hinaus auf den Marktplatz, um einen Blick in die Kirche werfen. Die Straße war voller Leben, ganz anders als in Salzburg, wo er dies so lange schmerzlich vermisst hatte. Kinder lachten und spielten Fangen, vom Nachbarhof hörte er den Dengelhammer im Takt schlagen, Frauen schöpften am großen Marktbrunnen Wasser. Gesundheit bedeutete einfach Lebensfreude. Selbst die unschönen Szenen erfreuten sein Herz und ließen ihn innerlich auflachen. Ein Metzger, dessen Schlachtbank neben dem Kirchenaufgang anschloss, schüttete Tiergedärme auf die Straße, worauf sich zwei Waschfrauen heftig ereiferten. Es entwickelte sich ein lautstarker Streit. Währenddessen stürzten sich die herumlaufenden Hühner auf das Corpus Delicti. Und in einer Ecke hing zornig ein Mann mit Kopf und Händen in der Schandgeige, und wurde von Kindern mit Stöckchen malträtiert. Er drohte und versuchte mit den Füßen nach den Lausbuben auszuschlagen.

»Gott zum Gruße, der Herr!«, sprach ihn ein freundlicher Mann an, der mit einem Korb voller Zweige und Kräuter plötzlich vor ihm stand. Simon trank frisches Wasser aus dem Brunnen. Er blickte auf und wischte sich den Bart.

»Ihr seid fremd hier, stimmts? Kann ich Euch einen Weg weisen, oder anderweitig zu Diensten sein?«

»Guten Tag! Nun ja, ich bin auf der Durchreise und lege heute eine Rast ein.«

»Ahh, darf ich fragen, wohin Ihr unterwegs seid?«, verwickelte ihn der aufgeschlossene Bursche, der etwa im gleichen Alter zu sein schien, in ein Gespräch. Bald hatte Simon eine Menge von sich preisgegeben und musste aufpassen, um sich nicht zu verplappern. Besonders interessierten den jungen Mann die Lebensumstände in seiner großen Heimatstadt Salzburg.

»Ich heiße Sebald und betreibe hier die Badstube. Wenn Euch vor der Weiterreise nach einer richtigen Erholung gelüstet, dann kommt doch heute Nachmittag in mein Haus. Ihr könnt ein wohltuendes

Wannenbad nehmen und ich reiche auch Rauchfleisch und Wein dazu.«

Simon war von der Einladung durchaus angetan. Zuhause in Salzburg hatte er regelmäßig und gern gebadet. Er sagte zu. Danach drehte er weiter seine Runde, traf den Vikar, der von der Ausnahmeentscheidung der Räte bereits gehört hatte und ebenso an der Geschichte des hohen Gastes interessiert war. Er zeigte ihm gern das Gotteshaus und lud ihn zur Morgenmesse am nächsten Tag, denn er sollte nicht ohne Segen weiterziehen.

Zurück in seiner Herberge trat er durch die große, grün gestrichene Haupttür ein. Die Helligkeit des Tages durchflutete die breite Diele, die bis zur offenstehenden Tür auf der Rückseite des Hauses reichte. Im selben Moment kam Magdalin mit einem Schmalzfässchen die Kellertreppe herauf. Als sie ihn sah, strahlte sie über das ganze Gesicht. Schnell stellte sie den Steinzeugtopf auf einer Holztruhe ab und rief ihm zu: »Herr, bitte wartet einen Moment!« Verwundert drehte sich Simon nach ihr um. Magdalin trug diesmal keine Kopfhaube. Ihren dunklen, langen Haarzopf hatte sie ringförmig am Hinterkopf festgesteckt. Simon blickte in aufgeweckte, braune Augen. Er sah eine ganz andere Frau als die, welche am Morgen in Tränen aufgelöst an ihm vorbeigehuscht war. Ihre feinen Züge hatten überhaupt keine Ähnlichkeit mit dem grobschlächtigen Gesicht des Vaters.

»Es tut mir sehr leid, dass Ihr heute Morgen den Streit mit anhören musstet, verzeiht bitte! Aber ich freue mich so sehr, dass Ihr die Säcke geschleppt habt. Ich habe es durchs Fenster gesehen!«

»Du hast mich beobachtet?«, stieß Simon kratzig hervor und legte die Stirn in Falten.

»Nein, nein, ich habe es nur zufällig gesehen!«

Magdalins Bäckchen wurden rot und sie senkte den Blick. Sie fühlte sich überführt und schwieg. Tatsächlich hatte sie ihn beobachtet und dabei war ihr nicht entgangen, wie schwer er mit den Lasten kämpfte. Auch die Atemnot und der Husten waren nicht unbemerkt geblieben. Umso mehr wollte sie ihm ja danken, dass er trotz Erkrankung für den verletzten Martl eingesprungen war.

»Verzeih, ich habe es nicht böse gemeint!«, entschuldigte er sich. Im Grunde war er auf seine Leistung selbst stolz.

Langsam hob sie den Kopf und schenkte ihm erneut ein strahlendes Lächeln, das sein Herz erwärmte. Sie schniefte ein wenig und verzog dabei das kleine Näschen.

»Vielen Dank, nochmal!«

»Schon gut, ich habe es gern getan. Aber der Martl muss zusehen, dass seine Knochen wieder heil werden. Habt ihr ihm Essigwickel angelegt?«

»Hm, er hält sich einfach still.«

»Ja, das ist schon richtig, am besten legt er sogar eine Schiene an. Zuallererst aber soll das Gelenk gekühlt werden, deshalb rate ich ihm eiskalte Wickel! Wärme ist eher hinderlich, es muss kalt sein!«

»Oh, das können wir tun, danke für den guten Rat!«

»Kann ich noch etwas für dich tun?«, erkundigte er sich zugewandt.

»Es gäb schon noch eine Kleinigkeit.«

Sie biss sich auf die Lippen und senkte den Blick zu Boden, bis er endlich nachfragte.

Sie bat verschmitzt: »Würdet ihr mir ein kleines Bierfass in die Gaststube herauftragen?«

So stiegen sie zu zweit in den Keller hinab. Dort unten reihten sich mehrere geräumige Gewölbenischen hintereinander, wo in Regalen viele Flaschen, Töpfe und Säckchen lagerten. Es roch sauer nach eingelegtem Kraut und anderem Gemüse. Dahinter schloss sich nach einem großen Bogen ein überschaubarer Tonnensaal an, dann erstreckte sich ein breiter Kellergang, in dem Eis und Bierfässer lagerten. Simon rollte ein Fass bis zur Kellertreppe zurück und wuchtete es dann schnaufend die Treppe hinauf. Oben angekommen fiel er wieder in Atemnot und Husten und musste ausspucken.

Magdalin rief ganz erschrocken: »Was ist mit Euch, seid Ihr etwa krank?«

Simon brauchte einen Moment, denn er war völlig außer Atem, dann hauchte er ein wenig verlegen: »Nein, es ist nichts. Ich bin nur für schwere Arbeit nicht zu gebrauchen.«

»Deshalb hab ich studieren müssen«, fügte er zwinkernd hinzu. »Es ist eine Lungenschwäche, die ich seit meiner Kindheit mit mir trage, aber nichts Akutes. Es geht schon wieder.«

Er rollte das Fass weiter in die Gaststube. Mit aufgeblasenen Backen hob er es in einem letzten Kraftakt auf den Tresen und keuchte wieder ein wenig.

»Es tut mir leid! Ich werde Eure Hilfsbereitschaft nicht weiter ausnutzen. Trotzdem vielen Dank für alles!«.

Magdalin griff nach seiner Hand, um sie dankbar zu schütteln. »Darf ich Euch dafür ein Bier bringen? Ein wenig ist noch im alten Fass.«

Simon nahm das Angebot gerne an und setzte sich auf die Eckbank. Er beobachtete die junge barfüßige Frau, wie sie sich auf Zehenspitzen nach einem besonders schönen Krug auf dem oberen Regalbrett streckte. Als sie das Bier aus dem Fass zapfte, blies sie sich eine Haarsträhne aus dem Gesicht und dann schien die schlanke Gestalt förmlich an seinen Tisch zu tanzen. Was für ein attraktives, fröhliches Wesen sie doch war! Ott durfte sich seiner Tochter glücklich schätzen.

Auf der Straße drangen Schmerzensschreie an Simons Ohr. Verunsichert stand er vor der Haustür. Sollte er sich getrauen hier einzutreten? Die Bader waren durchaus als rabiate Wundärzte bekannt, dennoch passte es nicht zu dem Bild, das er von dem aufgeschlossenen jungen Mann am Marktbrunnen gewonnen hatte. Simons Hand umgriff schon den Türdrücker, als plötzlich wieder Geheul ansetzte und er zögerte. Ein langgezogenes, immer höher gellendes ‚Aaaaaah' schraubte sich hoch und verstummte dann urplötzlich wieder. Simon horchte, wartete einen Moment und da sich nichts mehr rührte, drückte er den Griff der knarrenden Haustür, und trat zögerlich ein. Die Stimmen kamen aus des Baders Behandlungskammer, und plötzlich wankte ein älterer, erbärmlich stinkender Mann in die Diele, der sich weinerlich die dicke Backe hielt.

»Der Herr Advokat, wie schön!«, grüßte Sebald.

Simon sprang zur Seite und gab den Ausgang frei. Er verzog das Gesicht und drückte den Handrücken seiner Rechten gegen die Nase.

»Verstehe schon! Für eine feine Stadtnase ist das eine Herausforderung, gell? Das war unser Weißgerber und Fellhändler. Ich habe ihm einen seiner faulen Zähne gezogen. Ich fürchte nur, er wird bald wiederkommen müssen.«

»Nein, nein, es ist überall dasselbe. In der Stadt geht es nicht feiner zu. Trotzdem hätte dem Mann auch ein Bad nicht geschadet.«

Sebald führte seinen Gast in die Baderäume hinunter, wo die Dirn daran war, Holz nachzulegen. Sie sprang schnell auf und machte einen kleinen Knicks. Das also war der vornehme Herr, von dem Sebald gesprochen hatte. Sie war seinetwegen in ein frisches Gewand geschlüpft. Das Kesselwasser sollte bald warm genug sein, damit sie den Zuber füllen konnte.

Nach einer ersten Waschung mit Aschenlauge sollte der Gast zunächst das Schwitzbad nehmen. In dem kleinen Gewölberaum kletterte er auf die oberste Bank, wo die Hitze am größten war und legte sich auf die Holzbank. Sebald hatte einen Sud mit Kräutern und einigen Tropfen seines Nadelöls angerührt, den er über die heißen Steine schöpfte. Es zischte und dampfte und roch herrlich nach den ätherischen Ölen. Simon schloss die Augen und sog zufrieden die feuchte Luft in seine Lungen. Wohltat! Noch war sein Geruchssinn nicht stumpf geworden, und er staunte über den ungewöhnlichen Duft. Eine harzige, herbe und zugleich süße Note, so geheimnisvoll, wie er sie in keinem der Salzburger Kurbäder vernommen hatte. Simon sog die schweren Nuancen geräuschvoll und tief durch seine Nase, stieß sie mit einem leisen Stöhnen wieder aus. Er war selig und fühlte sich nach einiger Zeit wie berauscht.

Nach einer geraumen Zeit, Simon hatte das Gefühl für die verweilte Dauer verloren, trat die Bademagd in den Raum. Er sollte jetzt weiter unten Platz nehmen und legte sich wieder auf den Bauch. Die Magd peitschte ihm mit dem Birkenbüschel Rücken und Beine, übergoss ihn mit angenehm warmem Wasser und begann ihn zu schrubben und zu kneten. Beginnend von den Schultern arbeitete sie sich abwärts. Alsbald fasste sie seine Oberschenkel, massierte die sich anspannenden Muskeln nach oben zum Po. Simon trat Schweiß auf die Stirn. Er biss sich auf die Lippen, als er eine leichte Anspannung in seinem Unterleib verspürte und verharrte verkrampft und stumm.

Nach einem letzten, etwas kühleren Guss führte sie ihn ins große Bad, wo in einer Gewölbenische schon sein Zuber dampfte. Hier durfte er ungestört ruhen. Sebald hatte heiße Steine in die Wanne gelegt, sodass das Wasser lange angenehm warm blieb. Am großen Kachelofen hatten sich Männer niedergelassen, die tief ins Glas schauten und sich unterhielten. Simon nahm keine Notiz davon, und so drangen nur wenige Wortfetzen an sein Ohr. Er genoss die Schwerelosigkeit im Wasser und wusste, dass der Kräuterdampf seinen Lungen wohltat. Magdalin kam ihm in den Sinn. Sie ließ ihn bei geschlossenen Augen lächeln und träumen.

Nach einer kurzen Weile brachte Sebald Wein und eine appetitliche Brotzeit. Simon aß das Fleisch und nahm einen kräftigen Schluck aus dem Becher.

‚Naja', dachte er mit leicht verzogener Miene, ‚davon gibt es in der Stadt freilich besseren!'

Nach einer Weile schaute Sebald wieder um die Ecke und fragte nach Wünschen. Auf jeden Fall sollten noch die Haare gewaschen werden. Er zählte weitere Pflegebehandlungen auf bis hin zu schlüpfrigen Angeboten. Und er kam auf seine Wund- und Heilbehandlungen zu sprechen, schilderte manch Kuriosität und konnte gar nicht ahnen, wie sehr den jungen Arzt das ganze Metier interessierte. Später saßen sie in bester Gesellschaft auf den Ofenbänken zusammen und tranken Wein.

Als Simon nach Stunden die Treppe hinaufstieg, wurde ihm plötzlich schwarz vor Augen. Zum Glück bekam er den Handlauf zu fassen und stürzte auf die ungleichen Steinstufen.

»Oh verdammt!«

In seinem Kopf drehte sich alles. An der linken Schläfe spürte er das Blut pulsieren. Ein dumpfes, rasendes Pochen. Ihm war zum Speien.

»Was ist los, mein Freund?«, vernahm er Sebalds Stimme, der plötzlich neben ihm auf den Stufen kniete und ihn schüttelte.

»Ich, ich weiß auch nicht. Ich glaube, es geht schon wieder. Mir ist plötzlich schwindlig geworden.«

»Es tut mir leid, ich hätte dich begleiten sollen! Zu viel Wein zu einem ausgedehnten Bad ist manchmal tückisch, das wusste bereits vor 150 Jahren der Nürnberger Meistersinger Hans Sachs. Er lachte und zitierte den Vers, den er manches Mal schon zum Besten gegeben hatte: *Wer aus dem Bad lauf, geh ärschlings die Stiege hinauf, denn nach dem Bad die Kraft ist schwach!*«

Simon fühlte sich peinlich berührt und zog sich am Handlauf auf die wackeligen Beine.

»Es ist schon wieder gut, hab Dank für deine Mühen.«

Er wankte hinaus in die Kühle der Nacht und ließ sich auf die Holzbank plumpsen, die neben der Haustür aufgestellt war. Eine schmucklose Bank ohne Lehne. Die Balken der verwitterten Hauswand, an die sich Simons Rücken stützte, waren durch die Tageshitze aufgeheizt und angenehm warm. Eine wohlige Pause! Er saß und sah hinauf zum nächtlichen Himmel. Durch dunkle Wolkenlücken glänzten Sterne. Eine Fledermaus durchschnitt lautlos seinen Blick, die nach Insekten haschte. Doch den Grillenchor vernahm er kaum, denn noch immer brummte sein eigener Schädel. Nach einer Weile trollte er sich, passierte das Haus des Bierbräus, um sich am Marktbrunnen frisches Wasser ins Gesicht zu sprengen. Er stemmte sich auf den Brunnenrand und blickte in den dunklen Trog, in dem sich die Himmelslichter spiegelten. Simon murmelte Unverständliches, dann trank er in tiefen Zügen. Doch er verschluckte sich und musste kräftig husten. Seltsam pfeifend schnappte er nach Luft und bellte fürchterlich.

Eine unheimliche Gestalt, die von Simons nächtlichem Spaziergang überrascht, sich hinter den Granittrog geduckt hatte, streckte unverhofft den Kopf aus seinem Versteck. Simon starrte in ein grausliches, glatzköpfiges Gesicht. In der Dunkelheit meinte er, eine fletschende Fratze zu erkennen. Erschrocken schrie er laut auf und hetzte davon. Vorbei an den wenigen Häusern erreichte er das Bräuhaus und stürzte in die Diele. Wieder musste er husten, da steckte Magdalin ihren Kopf aus der Küche, um zu sehen, was los war.

»Nichts fehlt! Verschluckt.«, brachte er nur knapp heraus, bevor sie zu Wort kommen konnte.

Magdalin sprang trotzdem schnell zu ihm und musterte ihn besorgt.

Er wischte sich die tränenden Augen, und blinzelte und lächelte.

»Schön, dass Ihr da seid, ich habe mir schon Sorgen gemacht! Habt Ihr Hunger?«

»Nein, ich war in der Badstube. Ich verdrücke mich – hinauf in die Kammer.«

»Wartet, ich bringe Licht!«, entgegnete sie, eilte in die Küche und kam mit einer entzündeten Talglampe zurück. Mit der kleinen Flamme stieg sie vorsichtig die Treppe voraus. Simon folgte ihr. Gerade noch war er voller Furcht gewesen und floh vor einem seltsamen Gesicht, doch in Anwesenheit der jungen Frau war in seinem Hirn kein Platz für düstere Gedanken. Vermutlich war es der Wein, der seinem Hirn überhaupt wenig Raum ließ für die Realität, Anstand und Sitte. Er fühlte sich so entfesselt und begehrte nach der jungen Frau, die in ihren langen Kittel gehüllt zu seiner Schlafkammer hinaufging. Er stellte sich ihren Körper vor, ihre blasse Haut, die kein Auge bisher geblickt hatte. In dieser Nacht könnte er herausfinden, wie es sich anfühlt, eine Frau zu lieben. Aber wie stellt man das an? Wie erobert man die Unschuld? Unter dem Rock bleckten die weißen Fesseln ihrer nackten Füße hervor. Sein Herz pochte. Es blieben verdammt wenige Augenblicke Zeit für diese Fragen. Er wusste es nicht, denn er hatte noch nie geliebt. Sollte er sich rücklings von der Treppe stürzen, damit sie seinen Kopf aufheben und in ihren Schoß legen würde, sowie er das Bild der Mutter Gottes mit dem Herrn Jesus vor Augen hatte. Für einen Moment voller Schmerzen läge sein ohnmächtiger Kopf an ihrem Herzen und sie würde ihn weinend gegen ihren Busen drücken. Er müsse dann auf sein Lager gebracht und liebevoll gesundgepflegt werden! Aber er war so feige und ein Sturz sicher nicht notwendig. Auf solch schreckliche Art und Weise würden wohl die wenigsten Liebespaare zusammenkommen. Echte Männer handeln anders, sie zeigen ihren Mut, gerade dann, wenn es um das Herz der Geliebten geht. Ein Weib sehnt sich nach Entschlossenheit, nach der Stärke des Mannes. Sie wollen erobert werden. Solle er sie also festhalten und einfach an sich drücken? Das war alles weinrauschiger Unsinn! Er musste etwas versuchen und, egal, wie er es anstellen würde, in diesem Moment schwor er sich, Magdalin nicht ohne ein Wort aus seiner Kammer entwischen zu lassen.

Magdalin stellte die Lampe mit einem leisen Klopfgeräusch auf dem Tisch ab. Simon schluckte, er blieb an der Tür stehen und versperrte ihr den Ausgang. Sein Herz pochte so sehr, dass er meinte, es müsse zerspringen.

»Habt Ihr noch einen Wunsch?«

Sie lächelte so bezaubernd. Er senkte traurig den Kopf und trat zur Seite. Magdalin hauchte »Gute Nacht!«, und schwebte an ihm vorbei.

»Was ist mit dir?«

»Ich …, ich ddanke dir, Magdalin«, stotterte er, »und ich …, ich finde dich sehr hübsch. Ich bin froh, dass ich bei euch eingekehrt bin!«

»Oh!«

So etwas hatte die junge Frau in ihrem Leben bislang nicht gehört. Schamesröte färbte ihre Wangen und sie huschte schnell aus der Kammer. Simon guckte ihr ganz verdattert hinterher. Doch dann stieg Zorn in ihm hoch.

‚Was bin ich nur für ein feiger Esel! Ich habe es vertan, verdammt! Ich hatte sie in der Hand, und durch meine Blödheit ließ ich sie mir durch die Finger laufen wie Öl.'

Er sprang nochmal zur Tür und riss sie auf.

»Magdalin!«

Simon stand im Türrahmen zur Straße und schaute in die Nacht hinaus, denn er wollte ihr, der schwarzen Unendlichkeit, seine Einsamkeit kundtun. Und die Trauer. Und die Wut über seine Feigheit. Die Kammer war ihm zu eng geworden. Sie klagte ihn an. Und sie lachte ihn aus! Rundherum sah er einzelne beleuchtete Fenster in den Häusern. Die Talglampen spendeten ein warmes, gelbes Licht. Ein schwacher Wind wehte den üblen Geruch der Straße nach Fäulnis und Fäkalien herauf. Am liebsten wollte er hinausgehen, vor die Tore des Dorfes, und den Duft des Waldes atmen.

In Gedanken holte er die Sekunden der Zweisamkeit zurück und versuchte sich zu rechtfertigen!

Ich habe es nicht verdorben, nein! Ich habe genau so gehandelt, wie es hat sein sollen. Gott sei Dank, kann ich jetzt wieder klarer denken! Aufdringlich werden – was für ein Unsinn! Noch in derselben Stund hätte mich der alte Bierbräu aus dem Haus gejagt! Zu Recht und im besten Falle! Oder sie hätten mich in irgendein finsteres Loch gesperrt. Nein, nein, ich habe es richtig gemacht. Ein ehrenhafter Mann darf seinen Trieben nicht ohne Weiteres nachgeben. Nicht dann, wenn er im Herzen Liebe empfindet. Wenn es darum ginge, ein junges Fleisch zu spüren, dann hätte ich das schneller und einfacher haben können. Dieses Angebot hatte mir Sebald ohnehin unterbreitet – vielleicht gehe ich hin und nehme es. Das ist etwas anderes.

Nein, so tue ich es nicht! Ich werde nicht in einer dunklen Kammer ein verrohtes Weib nudeln. Weil ich weiß, dass dieser Moment etwas Besonderes sein wird, etwas Heiliges!

Irgendwo weinte ein Baby und auf der anderen Marktplatzseite ging eine Tür auf, aus der zwei betrunkene Männer stolperten. Sie stützten sich gegenseitig, grölten besoffen ein Lied und zogen rechts die Straße hinauf. Mit einigen Metern Abstand folgte ihnen auf lautlosen Pfoten eine Katze. Simon hing weiterhin seinen Gedanken nach und hoffte auf eine nächste Möglichkeit, Magdalin nahezukommen. Er ließ die Tür ins Schloss fallen und ging ein paar Schritte in die Richtung der Betrunkenen. Ihre Gesellschaft, von Ferne zwar, war ihm allemal lieber als die verlassenen Ecken.

Der Nachthimmel hatte sich weiter gelichtet. Große Wolkenlücken gaben inzwischen helle Sternenhaufen und ganze Sternbilder frei. Aus der Schmiede leuchtete noch immer schwach die rote Kohlenglut durch das Fenster. Konnte das um diese Zeit noch möglich sein? Der Meister war wohl lange an der Esse gestanden, um seine Eisen zu formen.

Plötzlich hörte Simon wieder die Schreie der Betrunkenen, doch da mischte sich eine dritte Stimme dazu. Beschimpfungen und Flüche vernahm er und Schmerzensrufe. Schnell schlich er sich im

Schutz der Dunkelheit die Straße entlang und erkannte an der Baustelle der neuen Kapelle drei Gestalten. Es waren die beiden Saufköpfe. Sie hatten einen zufälligen Passanten aufgegriffen und zu Boden geschlagen. Er wälzte sich im Dreck, als einer der Gewalttätigen ihn mit dem Fuß trat. Simons Herz klopfte wieder vor Angst und Feigheit. Sollte er sich da einmischen? Es ging ihn doch nichts an und war gefährlich. Womöglich war der dritte ein Dieb, der die Betrunkenen auszurauben versuchte und es geschah ihm recht. Der kam inzwischen wieder auf die Beine und griff einen der Kontrahenten. Simon sah, wie ein Mann mit einer Holzlatte bewaffnet auf die anderen zuging. Da konnte er nicht mehr zurückhalten und rannte auf die Gruppe los. Er rammte den Schläger mit dem Holzstück, doch im nächsten Moment wurde er herumgerissen und bekam eine Faust ins Gesicht, dass es ihm in den Augenhöhlen aufblitzte. Der Gegner wollte nachsetzen, doch Simon konnte ausweichen und verpasste ihm einen harten Haken. Dann versetzte er ihm einen weiteren kräftigen Schlag in die Magengegend. Den beiden Randalierern schien an keiner weiteren Schlägerei gelegen und sie gaben Fersengeld. Gott sei Dank! Simon musste husten. Den Oberkörper vorneüber gebeugt, stützte er seine Hände gegen die Oberschenkel und würgte, warf den Kopf in den Nacken und schnappte nach Luft. Nach ein paar tiefen Atemzügen schaute er sich nach dem Mann um, der vor ihm auf dem Boden saß und ihn anstarrte. Es war die zerlumpte Gestalt, die sich hinter dem Brunnen versteckt hatte. Der Grauslige! Der Glatzköpfige! Sein blutig geschlagener vernarbter Schädel, aus dem einzelne Haarsträhnen abstanden, glänzte im Mondlicht. Auch er schnaufte laut, als er langsam wieder auf die Beine kam. Eine Zeitlang starrten sie sich gegenseitig an, dann keuchte er ein heiseres »Danke, Herr!«, bevor er mit langsamen Schritten zurückwich und im nächsten Moment humpelnd durch eine Gasse verschwand.

Ohne Talglicht lag Simon im Dunkel der Nacht auf seinem Strohsack noch lange wach. Er hatte so viel erlebt, dass er keine Ruhe finden konnte und starrte an die finstere Holzdecke über ihm. Die rechte Hand schmerzte und fühlte sich heiß an. Das Schlagen war er nicht gewohnt, wie so vieles in diesem bunten Leben, das heute über ihn hereingebrochen war. Er war es nicht gewohnt, Kornsäcke zu tragen, sich in der Gosse zu prügeln und es war das erste Mal, dass er versucht hatte, um das Herz einer Frau zu werben. Er lag allein, aber er war nicht mehr allein. Magdalin war ein Stück von ihm geworden. Sie war in sein Leben getreten und hatte einen Platz in seinem Herzen eingenommen. Sehnsucht fühlt sich seltsam an! Wohlig und schmerzhaft zu gleich. Einnehmend und gleichzeitig hingebend. Er erinnerte sich an den Moment, als sie ihm ihre Hand reichte. Jetzt schien er erst zu begreifen, wie außergewöhnlich sie doch war. Er hatte diese warme, weiße Hand so achtlos gehalten und jetzt wünschte er, er könnte sie an seine Wange legen, sie küssen. Was für ein Tag! Schließlich stellte er zufrieden fest, dass er sich in allem fürs erste Mal gar nicht so blöd angestellt hatte. Lächelnd schloss er die Augen und sprach ein Nachtgebet.

Das Erstläuten der Kirchenglocken erinnerte Simon an die Einladung des Vikarius, zur Frühmesse zu kommen. Der Morgen lag frisch und sonnig. Schon war die Sonne über die Häuserreihen gestiegen und ihre Strahlen wärmten sein Gesicht, dessen jugendliche Schönheit ein wenig gelitten hatte. Wie Ott zur Morgensuppe festgestellt hatte, war die linke Augenpartie blau unterlaufen und der Wirt erkundigte sich besorgt, ob der junge Herr sich im finsteren Haus gestoßen hätte.

Eine Gruppe Hühner stob auseinander, als Simon mit schnellem Schritt den Marktplatz überquerte. Er war spät dran und nahm auf der Steintreppe zur Kirche hinauf immer gleich zwei Stufen auf einmal. Die Plätze waren spärlich besetzt. In den ersten beiden Reihen der rechten Seite betete unter den Augen des Kirchenpatrons Bartholomäus die Rosenkranzbrüderschaft ihre wiederkehrenden Verse. Alte, schwarz gekleidete Frauen und Kinder füllten die linke Seite des Kirchenschiffs zur Hälfte. Simon betrachtete das fast mannshohe Gemälde und erinnerte sich an die Legende um den frühen Patron, der mit einem großen Messer und einem Buch, der Heiligen Schrift, dargestellt war. Bartholomäus war ein Jünger Jesu, der das Evangelium in Indien und Armenien verkündete. Der armenische Herrscher soll angeordnet haben, ihm bei lebendigem Leib die Haut abzuziehen und ihn kopfüber zu kreuzigen. Simon schauderte bei den Gedanken an solche Gräuel.

Als die Sakristeiglocke angeschlagen wurde, verstummte das Rosenkranzgebet und der Vikarius trat im weißen Chorhemd ein. Er küsste den Altar, schlug das Kreuzzeichen über Stirn und Brust und grüßte die Besucher, die sich alle erhoben hatten.

»Adiutorium nostrum in nomine Domini.« Unsere Hilfe ist im Namen des Herrn.

Und die Gemeinde antwortete: »Qui fecit caelum et terram.« Der Himmel und Erde erschaffen hat.

Simon folgte dem vertrauten Ritus, der in allen katholischen Kirchen in gleicher Weise gesprochen wurde, aber seine Gedanken schweiften ab und verloren sich in den Erwartungen des neuen Tages. Nach dem Schlussgebet ließ der Geistliche die Kirchenbesucher sich noch einmal setzen, um ein trauriges Wort und Ankündigungen zu sprechen. In der vergangenen Nacht war der Schuhmacher Lorenz Schwabl gestorben, der erst im dreiundfünfzigsten Lebensjahr stand. Ein Raunen ging durch die erschreckten Reihen, denn vielen Zeitgenossen war der Schuster, der mit seiner Arbeit, des besseren Lichts wegen, fast täglich vor der bescheidenen Werkstatt saß, ein vertrauter Anblick. Er war stets voller Neugier und immer schnell dabei, für einen kleinen Tratsch die Ledernadel aus der Hand zu legen. Vor wenigen Tagen ergriff ihn ein heftiges Fieber, doch niemand hätte geahnt, dass der verwitwete Handwerker so schnell das Zeitliche segnen würde. Er hinterließ eine zwölfjährige Tochter, die zusammen mit der Schwägerin des Verstorbenen in der ersten Reihe saß. Das arme Mädchen, das an seine Mutter keine Erinnerung mehr hatte, war nun auch noch des Vaters beraubt und ein Waisenkind geworden. Die Beerdigung sollte schon am nächsten Tag stattfinden.

Zurück auf dem Anwesen des Bierbräus, ging Simon gleich nach hinten in den Hof, um nach seinem Hengst zu sehen. Der musste bewegt werden, also wollte er einen kleinen Ausritt machen. Über die warme Jahreszeit stand der Stall tagsüber üblicherweise offen. Als er an die Türschwelle kam und die Pferdeverschläge einsehen konnte, blieb er überrascht stehen. Wie angewurzelt stand er dort und schluckte. Magdalin hantierte mit einer Gabel und verteilte Stroh am Liegeplatz. Noch hatte sie ihn nicht bemerkt. Er hörte sie ein Lied summen. Am liebsten wäre er für den Rest des Tages nur wortlos in diesem alten zerfurchten Türrahmen stehen geblieben, um sie anzusehen. Sollte er sich bemerkbar machen? Er wollte sie nicht erschrecken. Was war das doch für eine liebliche Melodie? Sie war ihm bekannt, doch er kam nicht auf den Text. Die nackten Füße steckten hier bei der Stallarbeit in klobigen Holzschuhen, die unter dem grünen Rock hervorschauten. Leider konnte er Gesicht und Haare nicht betrachten, denn sie trug wieder ihre Kopfhaube.

»Magdalin!«, rief er sie leise.

Sie drehte sich um und blickte ihn für einen Moment strahlend an. Dann streckte sie ihren Hals, machte eine besorgte Miene und fragte: »Was ist Euch denn geschehen? Ihr habt ein blaues Auge!«

»Ach, nur ein paar raufustige Rabauken. Ich habe sie kaltgemacht.«

Sie riss erschrocken die Augen auf und hielt sich die Hände vor den offenen Mund.

»Das war nur ein Spaß!«, lachte er und erzählte die Geschichte.

»Aber wieso treibt Ihr euch nachts auf der Straße herum? Das ist doch gefährlich!«

Langsam ging er auf sie zu.

»Das ist eine andere Geschichte. Ich war …«, er zögerte ein wenig, bevor er weitersprach, »ich war ein wenig verwirrt. Wegen dir! Als du gestern in meiner Kammer standst, da wollte ich dir eigentlich noch viel mehr sagen. Doch nachdem du weg warst, wusste ich nicht, wohin mit meiner Traurigkeit, deshalb bin ich vor die Tür.«

»Mit Eurer Traurigkeit? Ich verstehe das nicht. Ich weiß nicht, was ich sagen soll!«, entgegnete Magdalin scheu. Sie senkte den Blick auf das goldgelbe Stroh zu ihren Füßen.

»Ich habe davon geträumt, deine Hand an meine Wange zu legen, Magdalin«, gestand er ihr und sah dabei, wie ihre Hand tatsächlich zuckte. Diese zarte Hand versteht schneller, so dachte Simon, als der Verstand. Er konnte nicht anders, als sich behutsam danach auszustrecken. Er nahm sie und legte ihren Handrücken an seine rechte Wange. Dann küsste er die blasse Haut und roch daran mit geschlossenen Augen.

»Was tut Ihr nur?«, entgegnete sie ihm. »Ihr brecht mir das Herz, und dann lasst Ihr mich zurück! Ihr spielt mit mir!«

»Nein Magdalin, hab keine Angst. Ich habe nichts Böses im Sinn. Ich liebe dich!«

»Ihr sagt, Ihr liebt mich? Das ist nicht recht! Ihr könnt mich nicht lieben – Ihr seid ein Advokat aus der Stadt – und ich …«, sie zog ihre Hand zurück und senkte wieder traurig den Kopf, »ich bin ein Nichts.«

Simon schüttelte langsam den Kopf. Was sollte er ihr nur sagen. Auch er hatte keine Ahnung, was aus dieser Liebe werden würde. Ja, er war auf dem Weg nach Regensburg. Aber nicht, um dort eine Stellung anzutreten, sondern einzig, um sein Leben zu schützen. Aber auch hier war er vorerst sicher.

Er nahm zärtlich ihr Gesicht in beide Hände und hob ihren Kopf. Die großen dunklen Augen des Mädchens waren das Schönste, was Simon in seinem Leben bisher gesehen hatte. Sie glänzten wie zwei Sterne. Dann küsst er ihre weichen Lippen. Magdalin stand wie gelähmt. Sie hatte Angst, wusste nicht, was sie tun sollte. Sich losreißen? Davonlaufen? Ihre Augen sprangen wild hin und her. Langsam ließ er seine Hände über ihren Rücken hinunterwandern. Er hielt sie fest, suchte zärtlich ihren Körper zu erspüren. Drückte sie sanft. Er zog sie in die Strohecke und auf seinen Schoß.

»Hab keine Angst, meine süße Magdalin. Ich will dir schwören, dass mein Herz nur für dich brennt.«

»Wie kann ich dir nur glauben?«

»Glaub mir, ich lasse dich nicht zurück! Ich will dich mitnehmen, wohin ich auch gehe!«

»Aber ich kann doch nicht fortgehen! Mein Vater ist alt – er braucht mich. Er würde mich niemals gehen lassen.«

Simon saß da und erinnerte sich an die Worte, die er vor Kurzem zu seinem Freund in Salzburg sprach … ich habe noch nicht einmal geliebt! Die Liebe ist ein verzehrendes Feuer, ein zweischneidiges Schwert, das sowohl Glückseligkeit, aber gleichzeitig auch eine unüberwindbare Not in das Herz legt. Dieser zarte Körper glich etwas Heiligem und doch fühlte er eine Hürde zwischen ihnen, die schwer zu überwinden schien. In diesem Moment allerdings überwog die jugendliche Neugier. Ein Zauber umschloss das Paar und verbarg alle Verschiedenheit. Ein sanftmütiger junger Mann und eine unberührte, scheue Frau, und obgleich sie im Stroh, im beißenden Geruch des Rosses saßen, würde die Erinnerung an diesen Platz in ihren Herzen für immer eingemeißelt bleiben. Sie erzählten sich von ihrem Leben und ihren Sorgen und fanden auf ihre Fragen keine Antworten. Magdalin glaubte an das ehrliche Herz des jungen Stadtmenschen, doch das würde ein noch größeres Unglück nach sich ziehen als ein Umwerben in falscher Absicht.

Am nächsten Tag setzte wieder Regen ein. Als der schlecht zusammengezimmerte Sarg des Schusters in die Grube gesenkt wurde, standen viele Gläubige am Friedhof, um ihrem Nachbarn und Mitbürger die letzte Ehre zu erweisen. Das arme Waisenkind, ein Mädchen, stand bei der Familie des Bruders, die es in ihre Obhut nehmen musste. Ein seltsames, leichenblasses Kind. Obwohl gerade sein Vater unter die Erde gebracht wurde, schien es die ganze Sache nicht zu verstehen. Sein Blick war leer und kühl, und es hatte keine Tränen für den Vater. Um die Augen lagen dunkle Ringe. Das arme Kind stand ohne eine Gefühlsregung. Feiner Niederschlag fiel auf die Trauergemeinde und durchweichte die barkopferten Häupter. Dem Kind des Schusters rann der kalte Regen über das Gesicht und in den Kragen, und er übermalte die fehlende Trauer über den Tod des Vaters, der ihm ein schlechter Mensch gewesen war. Das Mädchen musste niesen und heftig husten. Es war krank.

Simon störte sich nicht am Regen, denn solange das Wetter mies war, wunderte sich niemand darüber, dass er seine Reise nicht fortsetzte.

Am Samstagabend ging Ott ins Bad hinauf. Er hatte sich mit dem Kämmerer und zwei Markträten ins Schwitzbad verabredet. Das ungewöhnlich nasskalte und windige Wetter, das nun schon den dritten Tag andauerte, hatte dem Bräu wieder zugesetzt. Sein Rücken schmerzte und er schwor auf die heißen Dampfbäder. In einen warmen Mantel gehüllt und mit einem ausladenden Hut auf dem Kopf stieg er die Treppen hinunter, wo ihm schon wohlige Wärme entgegenschlug. Die Kameraden erwarteten ihn bereits und bemerkten sein Stöhnen und seine verhaltenen Bewegungen.

»Na, Bräu, hast wieder das Ziehen in den alten Knochen?«

»Ach, hör mir auf damit. Ich frag mich, wie ich über den nächsten Winter kommen soll, wenn das jetzt schon wieder losgeht! Ich kann mich ja nicht das halbe Jahr in den Zuber legen!«

»Am besten wird sein, du sattelst um und machst deine eigene Badstube auf, dann kannst du dir den Weg auch gleich sparen! Du bist doch sonst so schlau!«

Sebald brachte die Birkenzweige und goss Kräutersud auf die Steine. Die vier Männer saßen in den knappen Badehosen auf den Bänken im heißen Dampf und schlugen sich selbst das Reisig auf Schultern und Rücken. Lange Zeit schwiegen sie. Es lag eine seltsame Schwere, eine Sorge auf ihrem Gemüt. Solange sie in diesem dichten Nebel saßen, so schien es, hing ein jeder seinen eigenen Gedanken nach. Keiner wollte es aussprechen. Der weißhaarige Wagner, ein kleiner drahtiger Alter, der als verständiger Ratgeber im ganzen Markt sehr geachtet war, machte den Anfang. Die vielen Prüfungen in seinem Leben hatten ihn geformt und demütig werden lassen. Drei der sieben Kinder hatte die Ruhr aufs Totenbrett gebracht und seine Frau verschied bei der Geburt des jüngsten Sohnes. Noch kurz bevor die Schweden einfielen, fraß ein Feuer seine Wagnerwerkstatt, und inzwischen war sein Augenlicht so schlecht geworden, dass er zur Arbeit nicht mehr viel taugte. Einzig, er war weise.

»Es ist wohl sonderbar, dass nun auch noch die Tochter des Schusters in so kurzer Zeit dahingefahren ist, nicht wahr?«, so begann er das traurige Kapitel und kraulte seinen schneeweißen Kinnbart. Er schnitt eine herausfordernde Grimasse, streckte seine Unterkiefer nach vorn und blickte abwechselnd in die Gesichter der Kameraden. Eine Zeitlang herrschte wieder Schweigen, dann schnaufte Ott laut in die Stille, die nur gelegentlich durch einen Tropfen unterbrochen wurde, der von der Gewölbedecke fiel und in die weite Wasserlache am Fußboden platschte.

»Um den Schuster ist's nicht schad!«, bemerkte der andere Rat.

»Ich meine, es sollte nochmal dampfen! Der Sebald soll nochmal Steine bringen«, stellte Ott fest, stand auf und schlurfte hinaus. Er fand den Bader, und dieser brachte in einem eisernen Korb die Steine, die er aus der Ofenglut geholt hatte. Im Schwitzraum übergoss er sie mit dem duftenden Sud. Sebald hatte an diesem Abend keinen kecken Spruch und keinen Witz auf den Lippen. Er erledigte seine Arbeit und verschwand wieder.

Nach einer Weile knüpfte der andere an seine Aussage nochmal an: »Um den Schuster ist's nicht schad, das sag ich vor allen Leuten. Und der Vikarius hat schon recht, dass der Herr das Böse straft. Ich glaube nicht, dass seine Seele in die himmlischen Wohnungen heimgegangen ist. Der Teufel hat ihn geholt!«

»Du hast kein Recht, so zu reden!«, mahnte ihn der Wagner. »Bitte, mein Freund! Wir wollen nicht streiten, denn es ist nicht die Zeit dazu.« Er legte seine Hand wohlwollend auf den Arm des anderen, dann mahnte er: »Aber wenn du schon das Wort Gottes zitieren möchtest, dann sag ich dir in aller Freundschaft: Richte nicht, auf dass du nicht gerichtet werdest! Was der Schuster seiner Tochter angetan hat, ist abscheulich – ich denke genauso wie du, mein Freund, aber es ist Gottes Sache, ihn zur Rechenschaft zu ziehen.«

»Der Wagner hat recht. Der Schuster war der Schuster, und hinfort ist er. Er soll auch aus unseren Gedanken fort sein. Aber was sagt ihr dazu, dass die Tochter jetzt tot ist? Das ist doch kein Zufall!«, fiel der Schneider nun aufgeregt ein.

Er schaute den Kämmerer an, der bislang kein Wort zu den Vorfällen gesagt hatte, sondern nur besorgt auf seiner Holzbank hin und her wetzte. Alle Augen waren auf den Kämmerer gerichtet, der sich mit beiden Händen die Haare in den Nacken strich.

»Es ist nicht das, was ihr heraufbeschwören möchtet!«, schimpfte er. »Wer kann das denn beurteilen? Der Schuster ist einem Fieber erlegen und seine Tochter hat sich im kalten Regen den Tod geholt. Wir haben keine Pest! Ja, Pest! Jetzt habe ich es endlich ausgesprochen, was ihr alle denkt. Macht euch doch nicht verrückt! Es gibt noch kein Fieber in Simbach! Und wenn es so wäre, dann träfe es die Übeltäter. Er hat es doch gesagt und ich sag es auch noch einmal: Um den Schuster ist es nicht schad, basta!«

»Mir ist es jetzt zu heiß!«, sagte der Wagner. »Lasst die Toten ruhen und lasst uns hinausgehen und trinken, weil wir leben!«

»Ein weises Wort!«, lobte Ott. Einer nach dem anderen, und Ott zuerst, übergoss sich mit einem Eimer Wasser aus dem kleinen Holzfass und verließ die Dampfkammer. Im großen Bad setzten sie sich wie immer an den Kachelofen. Sebald reichte ein Tuch und sie trockneten sich nacheinander das Gesicht daran und verlangten nach Bier. Der Bader hatte die Magd längst losgeschickt, um beim Bräu einen Eimer voll Gerstensaft zu holen.

Nach einer guten Weile belangloser Unterhaltung wurde der Wagner nochmal ernst.

»Meine lieben Freunde, vergesst unseren Diskurs von vorhin nicht. Lasst uns nochmal nachdenken und ein Urteil fällen über unsere Situation.«

Die vier alten Männer horchten auf, stellten ihre Becher auf den Tisch und besonnen sich der verworrenen Lage. Der Weißhaarige konnte die Sorglosigkeit des Kämmerers nicht teilen.

»Der Schuster ist tot und es soll um ihn nicht schad sein, ja, das ist gut. Seine arme Tochter, die den Vater ertragen hatte müssen, ist nun auch tot. Es ist schade um sie, und wir meinen, eine Erkältung hat sie dahingerafft. Und die Dirne, die Liesl, ist auch tot. Vielleicht ist es nicht schade um sie, denn ihr wisst, welch lasterhaftes Leben sie geführt hat, und dass Männer zu ihr eingestiegen sind. Auch der Schuster. Auch der Schuster! Und alle drei sind in wenigen Tagen an einem schlimmen Fieber gestorben. Und wenn ihr einen fragen könntet, der in den schweren Fiebern Kenntnis hat, dann würde er es euch erschließen. Wissen können wir es noch nicht, aber es spricht vieles dafür, dass uns der Schwarze Tod erreicht hat. Sei es drum. Was wollen wir tun, da es noch nicht kundig wurde?«

Es war an dem Kämmerer, dass er sich äußern sollte. Alles, was der Wagner sagte, war richtig, aber eine Lösung wusste er auch nicht. Er ärgerte sich darüber, dass so viele Worte geredet waren, aber nicht von ihm. Er fühlte sich hilflos, nahm den Humpen Bier und trank aus. Dann schlug er das leere Gefäß auf den Tisch und räusperte sich.

»Ich will mich daran festhalten, dass der Herrgott die Übeltäter tilgen wird. Sei es so, dass etwas herausgerissen wurde aus unserer Mitte, drei arme Seelen. Was sollen wir denn noch tun? Wir haben in weiser Voraussicht alles geleistet, was in unserer Macht stand, und tun es noch. Wir lassen niemanden mehr zu uns herein, wir lesen täglich Heilige Messen, wir bauen eine Kapelle und wir haben das Tanzhaus zugesperrt, unsere Brüderschaft betet täglich den Rosenkranz und wir strafen jede Ausschweifung mit dem Pranger. Lasst uns inbrünstig daran festhalten, Gottes Wege zu gehen, etwas Besseres kann ich uns nicht raten!«

Der weißhaarige Wagner meinte: »Wir sollten stillhalten. Alles Gerede ist schädlich! Lasst keine Aufregung zu! Der Schuster ist dem Fieber erlegen, seine Tochter starb an Gram und Erkältung und die Dirne …? Vielleicht wurde sie erschlagen, wer weiß?«

»Die wurde erschlagen!«, bestätigte der andere Rat, und am nächsten Tag verbreitete sich diese Erkenntnis durch den ganzen Markt. Die Dirne wurde erschlagen!

Weit nach Mitternacht lagen alle Gassen und Häuser still. Die Lichter in den Stuben waren längst gelöscht. Selbst die Hunde schliefen. Einzig der Nachtwächter stapfte alle Stunde seine Wacht. Bis über sein fünfzigstes Jahr hinaus war er als Soldat mit dem bayerischen Regiment gezogen, bis er der Fahne floh. In seine Heimat, nach Schwandorf, wollte er nicht zurückkehren und hatte in Simbach eine Bleibe gefunden. In einen alten Feldmantel gehüllt, zog er seit fast zehn Jahren durch die nächtlichen Gassen. Ausgerüstet mit Laterne und Spieß galt seine vornehmliche Aufmerksamkeit den Kaminen, wo Glutnester sich bilden und Brände auslösen konnten.

In dieser Nacht hüpfte ein kleiner Lichtschein die Stufen vom unteren Berg zur Kirche hinauf, dann auf den mit großen Steinplatten belegten Rundweg rechts entlang, bis vor das Leichenhaus der Gemeinde, das wie eine Grotte an die Außenwand des Gotteshauses gebaut war. In die große bogenförmige Öffnung war ein schmiedeeisernes Gitter eingesetzt. Der Türflügel öffnete sich mit quietschendem Lärm aus den rostigen Scharnieren. Zwei Leichen waren hier in geschlossenen Särgen aufgebahrt, die auf leicht schrägen Bänken standen. Schmutzige Hände fassten vorsichtig den Sargdeckel und hoben ihn von der Kiste ab. Ebenso den Zweiten. Der Mann entzündete eine Harzfackel an seinem Kienspan, die schnell ein helles Licht spendete und die Wände der Grotte ausleuchtete. Das Gesicht des toten Mädchens war grau, die eingefallenen Augen schwarz umringt. Ihre von kleinen Eiterherden angefressenen Lippen waren aufgesprungen und blutverkrustet, die Hände und Füße schwarzfleckig. Niemand hatte sich bemüht, dem Kind einen letzten kleinen Dienst zu erweisen. So wie es sein Leben ausgehaucht hatte, so war es in den Sarg gelegt worden. In schmutzigen Kleidern und mit verschmiertem Gesicht. Ein grauenhafter Gestank umgab die Körper. Unter dem Rock trug das Mädchen keine Unterwäsche. Das Licht der

Fackel zeigte aufgebrochene hässliche Eitergeschwüre an der Innenseite der Schenkel. Ein Anblick, der nicht zu ertragen war. Nach einem stillen Gebet und einem Weihwassersegen wurde der Sarg wieder verschlossen.

»Hört!«, drang ein Schrei aus der Ferne. Der Dengelhammer setzte aus und sein Meister lauschte in den jungen Tag. Was war das? Wer hatte da gerufen?

»Hört, ihr Verständigen! Hört doch!«

»Er ruft wieder! Weib, der Bartl ruft!«

Immer wieder drang die Aufforderung an sein Ohr, deshalb machte er sich auf den Weg, um zu erfahren, was der seltsame Mensch diesmal zu sagen hatte. Der zerlumpte, so menschenscheue Kauz wippte in der großen Weide wie ein Kind, voller Aufregung, denn wenn er eine Botschaft auszusprechen hatte, dann fand er keine Ruhe, bis er es ihnen entgegengeschrien hatte. Als der stämmige Mann, der eben am Dengeleisen gesessen hatte, mit seinem Weib die Dorfstraße hinuntereilte, da sah er schon von Weitem eine kleine Gruppe versammelt.

»Er hat meinen Mund wie ein scharfes Schwert gemacht, mit dem Schatten seiner Hand hat er mich bedeckt. Hört, ihr Verständigen! Seht die Zeichen! Menschenverstand und Menschenhand kann den Zorn Gottes nicht verhindern.

Weil ihr der Stimme eures Herrn nicht gehorchen wollt, und weil ihr seine Gebote nicht halten wollt, die er euch gebietet, darum werden seine Flüche über euch kommen. Gott spricht: Verflucht werdet ihr sein in eurem Dorf, und verflucht werdet ihr sein auf euren Feldern. Verflucht wird euer Brotkorb und euer Backtrog sein.«

»He, he!«, unterbrach ihn der weißhaarige Wagner, der völlig außer Atem zu dem Haufen stieß und mit ausgestrecktem Zeigefinger wild gestikulierte. Er schnaufte ein paarmal tief. »Was redest du wieder von Gottes Zorn, Bruder Bartl? Tun wir nicht schon genug für unser Seelenheil? Sogar eine Kapelle bauen wir!«

»Siehst du die Zeichen nicht, Wagner! Seht ihr nicht, dass der Tod schon auf euren Buckeln hockt und euch auslacht? Er schlägt euch mit Fieber und Geschwür! Der Herr wird euch die Pest anhängen, bis er euch vertilgt hat in dem Land, das ihr eingenommen habt. Er wird euch schlagen mit Entzündung, Fieber und Auszehrung.«

»Schweig doch still mit deinem Unsinn! Mit Voraussicht und Klugheit haben wir gehandelt und uns dem Fieber entgegengestellt.«

Inzwischen war auch der Kämmerer herbeigeeilt und drängte sich durch die Menge. Er zog sich die Beinlinge zurecht und stopfte sich das Hemd in den Bund. Giftig fixierte er Bruder Bartl. Die Augen hatte er wütend zusammengekniffen.

»Bruder Bartl, es ist genug!«, begann er mit hochrotem Kopf und musste sich nochmal ein wenig verschnaufen, bevor er von Neuem ansetzte und dem Mönch in der Weide zurief. »Lange Zeit ließen wir dich gewähren, aber alle Geduld hat einmal ein Ende. Was willst du?«

»Seht die Zeichen! Seht die Zeichen der Leichen, und leugnet nicht! Es ist der Schwarze Tod, der bereits an euren Sohlen klebt. Geht hinauf in das Haus des Herrn und betet ohne Unterlass! Bekennt euch zu euren Sünden und tut Buße, ihr Männer und Frauen, denn die Zeit des Gerichts ist da.«

»Dein Maul halt, du Teufel! Ich habe dich oft genug gewarnt. Wenn du nicht schweigst, dann lasse ich dich einsperren! Wo ist denn der Bürgerknecht, dieses Rindvieh?«

Flüche und Beschimpfungen schrien inzwischen auch die Bürger. Es entstand ein Tumult und einige aus dem Haufen begannen mit Steinen nach der sonderbaren Kreatur zu werfen.

Bartl streckte schützend eine Hand gegen die aufgebrachte Meute aus, sprang aus der Baumgabel und lief davon. Ein paar Kinder verfolgten ihn ein kleines Stück, bis er sich umdrehte und ihnen drohte.

Auch Simon und Sebald standen in der Menge.

»Wer ist nur dieser seltsame Mann? Ich habe ihn des Nachts auf der Straße angetroffen.«

»Das ist Bruder Bartl. Den haben die Schweden letztes Jahr furchtbar zugerichtet. Es ist ein Wunder, dass er noch lebt! Tagsüber schläft er und treibt sich nachts herum. Ist aber ganz harmlos. Einst war er der Prior unserer kleinen Bruderschaft – ein Heiliger! Alle haben ihn geliebt und in ihren Nöten guten Rat von ihm angenommen. Er hat sich den Schweden als Verhandler entgegengestellt, doch das ist ihm nicht gut bekommen. Sonderbar ist er geworden, aber ...«, Sebald zögerte ein wenig, »ich weiß gar nicht, wie ich es sagen soll, aber der Bartl hat etwas Übermenschliches. Jetzt noch viel mehr als vor der Folterung. Trotz seines furchtbaren Aussehens ist er wie ein Engel, ein göttliches Wesen.«

»Wie meinst du das?«

»Nun, er weiß alles. Die Simbacher Bürger vertrauen nach wie vor auf seinen Ratschluss und manche suchen ihn in seinem Verschlag auf. Ich war auch einmal bei ihm. Noch bevor ich meinen Mund aufmachte und von meiner Not erzählen konnte, hat er mir ins Herz geschaut. Er las meine Gedanken. Es ist ein Rätsel. Er ist ... ich weiß es nicht.«

»Aber meinst du, er hat Recht?«

»Mit dem Fieber?«

»Ja. Er sagte etwas von ‚Zeichen der Leichen'. Hast du die Schusterstochter und die tote Frau gesehen?«

»Nein, sie haben mich nicht geholt. Aber den Bartl sicher auch nicht! Ich weiß nicht. Ich will nichts heraufbeschwören. Es gibt Gerüchte, aber es heißt, die Dirne wurde erschlagen. Wie auch immer, doch kann ich Bartls Worte anzweifeln? «

»Würdest du die Zeichen des schwarzen Todes denn erkennen?«, fragte Simon.

»Da bin ich mir ganz sicher! Es wurde so viel darüber bekundet.«

»Vielleicht darfst du die Leichen vor der Beerdigung noch beschauen. Wenn du magst, komme ich gerne als Zeuge mit. Dann wären Angst und Gerüchte schnell verworfen.«

»Das ist keine schlechte Idee, Simon! Wir müssten nur den Vikari fragen. Komm, wir gehen gleich hin.«

Die beiden eilten die Bergstraße hinauf und die Treppen zum Friedhof. Links führte eine ungepflasterte Gasse ostwärts zum Pfarrhaus. Sebald klopfte an die Haustür, doch es rührte sich nichts. Auch durch die kleinen Fenster, links zum Studierzimmer und rechts der Tür zur Küche, konnte er niemanden erkennen. Also stapften sie zurück zur Kirche und trafen auf den Herrn Vikar am Leichenhaus, als er gerade die Eisentür absperrte.

»Grüß Gott Herr Vikar! Schön, dass wir Euch hier antreffen, wir waren nämlich schon am Pfarrhaus, Sie zu sprechen!«, grüßte Sebald. Er erzählte von Bruder Bartls Auftritt und den Andeutungen, die er gemacht hatte. Und von den Leuten, die zu Recht sehr verunsichert wären. Viele trauten sich schon nicht mehr aus dem Haus. Da wäre er hergekommen, um eine fachkundige Diagnose festzustellen. Während der Bader seine Absicht ausführte, hatte sich Simon abgewandt und schielte besorgt zu den beiden geschlossenen Särgen.

Zu Sebalds Überraschung wies ihn der Vikar schroff ab. Dummes Geschwätz von einem Geisteskranken würde sie anstacheln. Soweit er es hätte sehen können, gab es keine seltsamen Merkmale an Kopf und Gliedmaßen und er hätte bereits das ‚claudendo orationis in lumine' gesprochen, danach dürfen die Verstorbenen kein Licht mehr sehen. Die Särge jetzt noch einmal zu öffnen, wäre eine große Sünde und würde den armen Seelen die Himmelfahrt erschweren. Simon stutzte über diese ihm unbekannte Gebetsform. Aber auch ohne zu schauen, waren die Hinweise für ihn ausreichend. Der penetrante Gestank, der aus der Leichengrotte drang, war ihm nur zu gut aus seiner Heimatstadt bekannt. Er hatte auf der Reise lang genug gebraucht, den Geruch des Fiebertodes hinter sich zu lassen. Vermutlich würde es ohnehin nicht lange dauern, bis das nächste Opfer zu beklagen wäre.

Doch was tun? Wie es aussah, hatte ihn die Gefahr, vor der er floh, jetzt eingeholt. Es war höchste Zeit, seine sieben Sachen zu packen und zu verschwinden. Weiter nach Norden, wenn es sein sollte, bis ans Ende der Welt. Doch nicht ohne Magdalin! Er musste sie überreden, mit ihm zu kommen. Die beiden Männer gingen gemeinsam über den Marktplatz und kehrten beim Bierbräu auf einen Humpen Gerstensaft ein. Sebald war über die Abfuhr des Vikars verärgert, aber gegen die kirchlichen Vorschriften darf man sich nicht hinwegsetzen.

Da die Stundenglocke gerade erst zehnmal geschlagen hatte, waren die beiden die einzigen Gäste, die in die dunkle Wirtsstube eintraten. Sie setzten sich an den Tisch mit der gemütlichen Eckbank. Die Bank war der begehrteste Platz, zuallererst des Bierbräus Platz, und deshalb war sie mit einer dünnen wollenen Auflage belegt.

Simon war über das Geschehene sehr besorgt, doch er wollte sich nichts anmerken lassen. Er fragte sich, woher der seltsame Ordensbruder seine Erkenntnisse hatte. Vermutlich schlich er nachts umher und spähte durch die Fenster in die Stuben der Bürger. Gut möglich, dass er die Verstorbenen während ihrer kurzen, aber schweren Krankheit ausspioniert hatte.

Nach einer Weile waren die beiden in der Gaststube noch immer nicht bemerkt worden, deshalb ging Sebald zur Tür und rief ein lautes »Hallo« in die Diele hinaus. Gleich darauf kam Magdalin herbeigeeilt und erschrak, als sie die jungen Männer sitzen sah.

Sebald sprach sie strahlend an: »Ich grüße dich, Magdalin! Bring uns zwei Bier, wir sind durstig!« Mit roten Bäckchen griff sie fahrig nach den Krügen und zapfte aus dem Fass. Was hatte das nur zu bedeuten? Sie stellte das Bier vor die Gäste und verschwand sogleich in die Küche.

Sebalds Blicke folgten jeder Bewegung. Sie musterten die begehrliche Figur der jungen Frau und hefteten sich an ihre adretten Kurven.

»Ein liebreizendes Ding ist unsere Magdalin, nicht wahr?«, bemerkte er. Lohr ergötzlich.

Simon missfiel das Benehmen seines Begleiters, der mit aufgerissenen und funkelnden Augen den Hals nach ihr streckte. Es widerte ihn an und weckte Gefühle des Eifers, wie sie ihm bislang fremd waren.

»Lass uns auf die Gesundheit trinken, mein Lieber! Ich hoffe sehr, dass Gott weiterhin seine segnende Hand über uns hält!«, lenkte er die Aufmerksamkeit auf sich.

Simon wischte sich den Schaum vom Schnauzbart und zwirbelte die Enden, dann trank er gleich noch einmal.

Die Krüge leerten sich schnell und Sebald machte sich bald auf den Nachhauseweg.

Simon klopfte an die Küchentür und steckte den Kopf hinein.

»Magdalin?«

Sie stand mit dem Rücken zu ihm und knetete einen Kartoffelteig auf einem großen Holzbrett. Sie trug wieder ihr weißes Kopftuch, das ihre dunklen Haare versteckte. Schnell rieb sie sich den Teig von den Fingern und wusch die Hände in einem Eimer. Dann sprang sie selig lächelnd zu ihrem Schatz und drückte ihn.

»Magdalin, ich muss mit dir reden!«, wehrte Simon ernst ab.

»Was ist denn?«

»Ich liebe dich, meine süße Magdalin!«

Sie küsste ihn und schüttelte frech ihr Köpfchen.

»Du kitzelst! Ich muss mich an deinen Bart gewöhnen!«

»Magdalin, meine Liebe, Magdalin! Ich fürchte, etwas Schreckliches will uns bedrohen! Die Spatzen pfeifen es schon von den Dächern. Das Fieber ist ausgebrochen, und es will viele verderben.«

»Hast du etwa auch den Bruder Bartl gehört? Der Kämmerer sagt, es ist dummes Geschwätz und wir sollen uns nicht sorgen!«

»Der Kämmerer irrt. Der Tod wird uns dahinraffen, wenn wir nicht weggehen. Es gibt nichts Schlimmeres als diese Seuche! Sie raubt ohne einen Unterschied zu machen zwischen Arm und Reich, oder Jung und Alt. Man kann sich nicht dagegen wehren. Vertrau mir, es ist besser, wenn wir von hier weggehen!«

»Nein Simon, ich kann meinen Vater nicht allein lassen, und ich kann es nicht glauben. Der Kämmerer und der Wagner und mein Vater sagen, dass wir keine Not haben. Unser Ort ist der einzige weit und breit, wo kluge Männer die richtigen Entscheidungen getroffen haben. Wir lassen das Fieber nicht herein.«

»Aber Magdalin, das Fieber ist längst da. Ich weiß es. Ich war mit Sebald am Leichenhaus. Es stinkt eindeutig nach dem Schwarzen Tod. Es ist, wie es der Bartl gepredigt hat: Der Tod sitzt uns schon auf dem Buckel!«

»Simon, das verstehst du nicht. Du bist Advokat!«

Simon verstummte. Er war doch ein Arzt! Er konnte Magdalin nicht ein Leben lang belügen! Irgendwann musste er ihr die Wahrheit sagen, und es musste jetzt sein.

»Magdalin, als ich hierherkam, da wusste ich nicht, dass ich mich in dich verlieben würde. Ich wusste, dass ich ein warmes Bett brauchte und am nächsten Tag weiterziehen würde. Ich ... Ich habe vor den Ratsherren gelogen, um nicht abgewiesen zu werden. Verzeih mir bitte!«

»Was sagst du denn da?«, hauchte sie verunsichert.

»Ich bin kein Advokat. Ich bin ein Arzt! Und ich bin aus Salzburg weggegangen, weil ich nicht verrecken will, durch diese unbarmherzige und grauenhafte Seuche. Ich kenne diese Krankheit gut, glaub mir. Aber leider noch nicht gut genug, um sie zu besiegen. Ich weiß, dass sie Simbach erreicht hat, und möchte dich nur um eins bitten: Komm mit mir und lebe!«

Magdalin schluckte und trat einen Schritt zurück. Langsam schüttelte sie den Kopf, denn sie wollte das alles nicht glauben. Nichts von alledem sollte wahr sein. Sie wollte daran festhalten, dass alles in Ordnung war.

»Das ist nicht wahr Simon, nein! Sag, dass es nicht wahr ist!«

»Magdalin, weil ich Arzt bin und den Tod in Salzburg erlebt habe, weiß ich, wovon ich rede. Ich bitte dich, flieh mit mir, bevor es zu spät ist!«

»Du hast mich die ganze Zeit belogen?«

»Es spielt doch keine Rolle, ob ich nun Arzt oder Advokat bin. Beides sollte für dich gut genug sein, also mach jetzt kein Theater!«

Magdalin fiel die Kinnlade herunter über so wenig Verständnis. Sie war einfach enttäuscht und verunsichert und konnte den so sanften Simon nicht wiedererkennen. Wie ein Messer stachen seine harten Worte in ihr Herz.

»Geh nur fort, du Lügner!«, warf sie ihm entgegen und wollte, ohne auf eine Antwort zu warten, heulend aus der Küche laufen. Simon versuchte, sich ihr in den Weg zu stellen, und bat sie, ihn weiter anzuhören, doch sie schlug auf ihn ein und rannte weg.

Simon war wütend, über sich und über Magdalin. Warum wollte sie ihn nicht verstehen? Sollte ihre Liebe so schnell wegzuwerfen sein?

Dieses dumme Ding! Was glaubt sie eigentlich, wer sie ist! Ich bin Arzt und habe nie auf sie herabgesehen. Ich habe ihr mein Herz geschenkt, doch weiß sie das offensichtlich nicht zu schätzen. Sie ist eine ungebildete Wirtstochter aus einem kleinen Bauernkaff und nennt mich einen Lügner! Ich mag kein Weib haben, das auf mich einschlägt!

Zornig stampfte er die knarrende Holztreppe ins Obergeschoss hinauf, und knallte die Tür der Kammer hinter sich zu. Er wollte seine Habseligkeiten zusammenpacken und die Weiterreise vorbereiten, doch da war nichts zu tun. Sein Hut hing über dem Stuhl, die Reisetasche stand unter dem Tisch, das gewaschene zweite Hemd war schnell zusammengelegt und der gewachste Mantel hing an einem Haken neben der Tür. Er steckte das kleine Gebetbuch in die Tasche und setzte sich auf das Bett. Dann blickte er auf das Kruzifix in der Zimmerecke. Er ließ sich auf die Knie hinabgleiten und schloss die Augen.

Herrgott im Himmel! Was ist nur geschehen und hat unsere Liebe und unseren Frieden davongerissen? Was ist mit mir, dass ich so einen Zorn empfinde? Ich liebe Magdalin doch! Der schwarze Engel ist auch ein Engel des Zerwürfnisses und der Feindschaft. Er bringt den Tod und Herzensleid. Aber ich will ihm entgegentreten, weil ich daran festhalte, mein Herrgott, dass du stärker bist als alles Üble. Ja, es heißt in der Schrift ‚Wie ein brüllender Löwe geht er umher und sucht, wen er verschlingen kann', doch ich befehle ihm, im Namen des Herrn, zu fliehen. Der Tod soll keine Macht über mich haben. In Jesu Namen!

Er ging hinab in den Hof. Alles lag friedlich wie an jedem vorherigen Tag und kein Anzeichen einer Gefahr war auszumachen. Ein paar Hühner scharrten und rupften junge Gierschblätter vor der Haustür. Aus der offenen Tür zum Malzboden drang das rhythmische Geräusch der Schaufel, die das Korn wendete. Er stapfte hinüber zum Stall. Sein Pferd schnaubte freundlich, als Simon zu ihm trat und ihm den Hals streichelte. Er sah nach dem Sattel und dem Zaumzeug, das über einem grobgehauenen Holzbalken hing. Alles war bestens gepflegt. Alles lag bereit für die Weiterreise. Er füllte einen Eimer mit Wasser und ließ das Tier daraus saufen, dann kontrollierte er den Zustand der Hufe.

»Na, mein alter Junge. Ich denke, wir brauchen ein wenig Bewegung und frische Luft«, redete er mit dem Tier.

Er legte den Sattel auf, zog die Bauchriemen fest und führte den Hengst hinaus auf die Straße.

Sebald saß zusammen mit seiner Mutter und einem Vetter, der ihm eine Fuhre Brennholz vor das niedrige Kellerfenster gekippt hatte, am Mittagstisch, als eine aufgeregte Person an die Haustüre pochte. Er legte den Löffel nicht weg, sondern warf der Mutter einen auffordernden Blick zu. Es würde jemand mit einer blutenden Wunde draußen stehen, oder einem üblen Zahn, aber an die Haustür trat er nicht gern. Die Mutter nickte, schob den Teller ein wenig von sich und ging nachsehen. Draußen auf dem Eingangspodest wartete ungeduldig die Bäckersfrau, die sie in die Stube hineinführte. Sie bat um Rat für ihre kranke Magd, die seit zwei Tagen das Bett hütete. Ein hitziges Fieber quälte sie und die Bäckerin hoffte auf ein Kraut, das der braven Frau würde helfen können.

Sebald stutzte, als er von den Anzeichen hörte.

»Meine liebe Bäckerin, ich geb dir eine Krautmischung, daraus ein Tee zu bereiten ist. Und kalte Beinwickel sollst du ihr anlegen, die werden das Fieber senken. Trotzdem aber möchte ich die kranke Frau selbst visitieren. Kann ich gleich mit dir kommen, um zu sehen?«

Hastig löffelte Sebald den Teller leer und wischte die Reste mit einem Brocken Brot auf. In einem Zug trank er den noch gut gefüllten Bierkrug aus und wischte sich mit dem Hemdsärmel über den Mund. Drüben in seiner Badestube überlegte er kurz, welches Teekraut er reichen sollte. Gegen Fieber hatten sich mehrere Substanzen bewährt. Er nahm den Deckel einer Holzdose ab und roch den Duft der Birkenrinde, stellte sie aber zurück und entschied sich für Holunder. Er warf eine Handvoll der getrockneten Blüten und ein paar andere nützliche Kräuter in eine Schüssel und mischte sie gut durch, dann füllte er sie in ein Leinensäckchen, das er in einen fleckigen Beutel steckte. Bevor er aufbrach, ging er noch schnell hinaus in den Hof und urinierte in den kleinen Misthaufen. Gedanken an die kranke Magd wühlten ihn auf und er runzelte die Stirn. Schließlich vernahm er das anhaltende Gebell des Nachbarhundes. »Sauköter!«, schimpfte er, stopfte sich das Hemd ordentlich in die Hose und ging zurück ins Haus, wo die Bäckerin noch immer auf ihn wartete.

Gemeinsam eilten sie zur Bäckerei. Die Diele, in die sie eintraten, lag dunkel und still, doch es duftete angenehm nach frischem Brot. In einer winzigen Kammer über der Backstube, wo man mit ausgestreckten Armen beinahe die gegenüberliegenden Wände berühren konnte, lag die Magd auf ihrem Strohsack und jammerte. Ihr Kopf glühte und sie schien starke Schmerzen zu haben. Eine weiße Haube, die sie sich vom Kopf gezogen hatte, lag neben dem Bett auf dem Fußboden. Mit gläsern glänzenden Augen blinzelte sie flehend nach den Besuchern. Sie wollte sich aufrichten, schaffte es aber nur ein kleines Stück, dann fiel sie kraftlos zurück auf ihr Kissen. Das Husten verursachte ihr große Schmerzen in Hals und Lungen, denn sie zog dabei eine gequälte Grimasse und weinte. Ihre Lippen waren blau verfärbt. Sebald fühlte die schweißnasse, heiße Stirn und hatte großes Mitleid mit ihr. Er ließ Essigwasser holen und tauchte Tücher für Wadenwickel hinein.

»Seit wann sagtest du, ist sie krank?«, wandte er sich an die Bäckersfrau.

»Vorgestern hats angefangen. Es ging ganz schnell! Am Morgen war sie in der Backstube und kaum war das erste Brot eingeschossen, da konnte sie die nächsten Laibe nicht mehr kneten und wäre uns beinahe umgekippt!« Und sie fügte hinzu: »Der Alois hat noch auf sie geschimpft, aber es ging wirklich nimmer! Seitdem liegt sie hier und es wird immer schlimmer mit ihr.«

Sebald klappte die Decke am Fußende nach oben, damit er die kalten Wickel anlegen konnte. Die Füße und Knöchel zeigten dunkle Flecken. Erst umwickelte er die Waden mit den nassen Tüchern, dann weiter jeweils mit einem Handtuch.

»Sie soll von dem Tee trinken, aber lasst ihn etwas abkühlen. Hitze hat sie genug und darin liegt das Übel! Sie soll viel trinken, auch Wasser oder dünnen Wein. Es wäre dienlich, wenn die hitzigen Säfte, die sich in ihrem Leib stauen und verderben, abfließen könnten. Ich muss sie zur Ader lassen! Ein Aderlass wird gut für sie sein.«

Aus seinem Leinensack holte er die Messingschale und ein zusammengerolltes Tuch, zog die Schleife daran auf und ließ ein spezielles Messer in seine linke Hand rollen. Mit dem Einverständnis der Patientin staute er ihr den rechten Oberarm, den sie aus dem Bett herausbaumeln ließ, mit einem daumenbreiten Band. Dann setzte er einen kleinen Schnitt mit seinem Skalpell. Die Magd nahm keine Notiz von dieser Behandlung. Regungslos lag sie mit geschlossenen, aber zitternden Lidern und atmete tief. Dunkelrot quoll das Blut aus der kleinen Wunde, das Simon geschickt auffing. Einzig die Bäckerin schrie leise auf, als der feine Strahl in die Schale rann und schnell den ganzen Boden ausfüllte. Kreidebleich wandte sie sich ab, schnaufte ein paar Mal laut, dann verschwand sie aus der kleinen Kammer.

Sebald ließ einen guten halben Liter Blut ab, dann verband er die Wunde. Er setzte sich auf die Bettkante und betrachtete die junge Frau, die sich im Fieber und in Schmerzen wand. Nach einer Weile wurde sie ruhig und schlief ein. Sebald war sich nicht sicher. Die Magd hatte keine eitrigen Beulen, aber das hohe Fieber, der schwärzliche Auswurf und der schlimme Husten. Er öffnete das Fenster, das nach hinten zum kleinen Hof lag, und leerte die Blutschale. Noch einmal schlug er die Decke zur Seite und untersuchte die Beine und Leisten.

»Es ist gut, dass du zu mir gekommen bist! Gebt ihr viel zu trinken und legt alle Stunde neue Wickel an. Sorgt für frische Luft, aber es darf nicht ziehen!«, unterwies er die Bäckersfrau, die sich, mit noch immer blassem Gesicht, wieder ins Zimmer getraut hatte.

»Freilich, aber was hat sie nur?«

»Es ist sehr ernst! Kommt noch einmal mit mir, denn ich will ein anderes Kraut gegen den Husten geben. Wenn das Fieber sinkt, dann kann sie es schaffen! Darum bitte ich dich, befolgt meine Anweisungen!«

Als Simon den Ortseingang wieder erreichte, schnaubte sein Pferd vom anstrengenden Ritt. Er tätschelte den glänzenden Hals. Sie waren über Wiesen galoppiert, die sie nicht kannten, und Gott sei Dank beide heil geblieben. Einmal waren sie über einen kleinen Graben gesprungen, doch das Erdreich auf der anderen Seite war weich und das schwere Tier sank ein wenig ein. Es hätte stürzen und sich ernsthaft verletzen können. Simons Vater hätte ihn gescholten, denn ein Galopp über fremdes Gelände war verantwortungslos. Der Hengst schwitzte. Als sie die Baustelle der neuen Kapelle passierten, stellten die Arbeiter gerade ihr Tagwerk ein. Inzwischen war das kleine Gotteshaus rundherum mit Brettern eingeschlagen und mit einem Dach aus Holzschindeln versehen. In den Türrahmen war noch keine Tür eingehängt, so konnte Simon, von der Straße aus, das Gerüst aus dünnen Balken und Latten erkennen, welches bald zu einem kleinen Hochaltar verkleidet werden würde. Er beugte sich tief herab, um zu sehen, da stellte er sich die Frage, ob er denn schon jetzt ein »Gelobt sei Jesus Christus« sprechen solle, so wie es üblich war. Dann fiel ihm jedoch ein, dass die Kapelle zuerst eingesegnet werden müsse. Er erhob sich wieder im Sattel und gelangte dann an das Gasthaus des Bierbräus. Der Ausritt hatte gutgetan. Sein Kopf war frei. Zumindest war der Zorn verraucht, doch Antworten auf seine Fragen hatte er nicht gefunden. Er wusste nicht, wie er mit Magdalin umgehen sollte. Er wusste nicht, ob er noch bleiben oder schleunigst verschwinden sollte. Sein Verstand kämpfte gegen das Herz. Magdalin war ihm sehr lieb geworden, darin zumindest hatte er Klarheit gefunden. Noch auf der festgestampften, aber ungepflasterten Marktstraße stieg er vom Pferd und führte es das kleine Gässchen nach hinten in den Hof und in den Stall.

Fast hätte er sie nicht gesehen, doch im Augenwinkel erkannte er eine Gestalt auf der anderen Seite, in der Ecke, wo die Ziegen ihren Platz haben. Magdalin hatte die Tiere in den Stall geführt, in die Futterraufe ein wenig Gras gestopft und den Bock an einem schweren Eisenring am Holzpfeiler festgebunden. Sie streichelte die weißbraune Ziege, die trächtig und kugelrund mit ihren harten Lippen ein Löwenzahnbüschel herausrupfte. Als Magdalin die Hufe des stolzen Hengstes hereinstampfen hörte, da hatte sie sich erschrocken niedergeduckt.

Simon warf nur schnell die Zügel über die Stange, dann sprang er zur Tür, die auch Magdalin in diesem Moment erreichte. Sie hatte bei ihren lieben Ziegen Trost gesucht und geweint, doch jetzt wollte sie entfliehen. Simon hielt sie an den Armen fest, ohne ihr weh zu tun, aber so bestimmt, dass sie innehielt. Sie blickte zu Boden und begann wieder zu heulen.

»Magdalin!«, sprach er sie in liebevollem Tonfall an. Sie blickte kurz sie zu ihm hoch, dann senkte sie ihren Blick erneut. Ihre Augen waren geschwollen und rot und Simon schmerzte es, seine Geliebte leiden zu sehen.

Warum nur hatte er selbst in diesem Moment nicht die rechten Worte? Warum fiel es ihm so schwer, sie zu trösten? So stand er dumm wie ein Kind, fühlte ihren Schmerz in seinem eigenen Herzen und wusste nicht, was er tun sollte. Langsam fasste er ihre Wangen mit beiden Händen und hob ihr Gesicht hoch, sodass er in ihre traurigen Augen schauen konnte. Er spürte die kühle, tränennasse Haut und fühlte sich verantwortlich für dieses zerbrochene Herz. Was hatte er nur angestellt! Liebe, so ging es ihm durch den Kopf, ist ein scharfes Schwert und schlägt eine tiefe Wunde. Wenn er jetzt fortginge, würde ihn sein Gewissen seiner Lebtag lang anklagen, doch wenn er bliebe, könnte er verderben.

Die Liebe ist eine Schlange mit tödlichem Gift.

»Komm mit mir!«, hörte er sich sagen – nicht mehr.

Neue Tränen stauten sich einen Moment und liefen ihr dann über die roten Wangen. Plötzlich riss sie sich los und lief hinaus auf den Hof.

»Was quälst du mich, du böser Kerl? Ist es immer noch nicht genug? Geh endlich wieder hinaus auf Wanderschaft, wohin immer dich eine Laune treiben mag, aber mach mich nicht weiter unglücklich! Du bist ein hoher Herr, Advokat oder Arzt, was gehts mich an! Du bist ein hoher Herr und ich ein dummes Dorfmädel. Schäm dich, dass du mein Herz aufrührst und verletzt zurücklässt, sobald du Lust hast, ein neues Spiel zu treiben. Ich möchte ein ehrliches Mannsbild, das grob und dumm sein mag, aber …« die Stimme versagte ihr und sie konnte den Satz nicht mehr zu Ende bringen. Sie lief hinüber zum Haus und obwohl sie dabei einen Schuh verlor, blieb sie nicht mehr stehen.

Simon war zu tiefst unglücklich. Er führte die linke Hand zum Mund und schmeckte die salzigen Tränen Magdalins. Er hatte das Gefühl, wieder versagt zu haben. Klare Gedanken zu fassen, fiel ihm schwer. Dieses Gefühl von Ohnmacht! Dieser innere Schmerz! Und gleichzeitig Wut! Wut über sich und über Magdalin. Er löste die Riemen des Sattels, hob ihn vom Pferd und warf ihn verdrossen über den Balken. Als er sich nach dem Wasserkübel bückte, da hörte er das Meckern der Ziegen. Sie lachten ihn aus! Ohne zu schauen, schleuderte Simon den Eimer in die Ecke, aus der das blöde Mäh-ä-äh kam, doch er rollte vorbei und der Bock tat einzig einen Schritt zur Seite.

»Mistvieh!«, schrie er und ehe er sich versah, hatte er die Pferdepeitsche in der Hand und zog damit der Gescheckten einen kräftigen Hieb über den Rücken, sodass sie mit den anderen Geißen davonstob. Der Bock, der mit einem Strick am Eisenring hing, konnte sich nicht in Sicherheit bringen und bekam die Hiebe des rasenden Burschen ab. Wieder und wieder sauste die Peitsche singend durch die staubflirrende Luft und traf das Tier, das bleckend in seiner Ecke hin und her sprang. Schnaubend schlug Simon zu, bis ihn jedoch nach kurzer Zeit der Husten reizte und er nicht mehr genug Luft in seine Lungen saugen konnte.

Die Gaststube des Bräus füllte sich an diesem Abend schon recht früh. Wie immer, wenn sich ungewöhnliche Dinge ereigneten, suchten die Bürger die Gesellschaft, um die Neuigkeiten zu erfahren. Die Neugier lockte die Handwerksmeister, einige größere Bauern und sogar den Herrn Vikarius in Otts Gasthaus. Am Haupttisch wurde aufgeregt über die bedrohlichen Sterbefälle diskutiert und Magdalin kam fast nicht nach, die Bierkrüge zu füllen. Die Betriebsamkeit lenkte von ihrem eigenen Schmerz ab. Sie zapfte das Bier, während ihr Vater sich in die aufgebrachten Gespräche an den Tischen einbrachte. Noch überwog die Betroffenheit und der Vikarius ereiferte sich in Warnungen und Zurechtweisungen. Ein paar Mal sprang er von der Bank auf und versuchte gegen das Durcheinander der lauten Gespräche anzuschreien. Die Männer prosteten ihm eifrig zu und in seinem Eifer trank er den Wein viel zu hastig. Bald stieg ihm der Alkohol zu Kopfe und manches Wort lallte er unverständlich. Seine Mahnungen kippten ins Lächerliche.

»Geh weiter, Vikari, setzt dich hin!«, forderte ein frecher Jungbauer zu seiner Rechten und zog ihn am schwarzen Talar auf die Sitzbank zurück. Verdattert ließ sich der Geistliche auf das Sitzfleisch plumpsen und musterte den Burschen streng. Der aber grinste nur und hob seinen Krug erneut zum Anstoßen.

»Auf die Gesundheit, Vikari! Auf dass wir das Hitzige hinausschwemmen! Am besten hilft immer noch der Alkohol«, und an den Wirt gerichtet schrie er: »Einen Obstler bring uns, Ott, damit wir dem Malum Herr werden! Wenns hilft, ist es recht. Und wenn es nichts hilft, dann hat es auch geschmeckt!« Alle lachten, außer der Geistliche, der mangels Geistesgegenwart seine Autorität verloren hatte.

Als es ein wenig ruhiger wurde, erinnerte sich Ott gerade noch rechtzeitig daran, dass er Sebald zugesagt hatte, zu dieser Stunde fünf Maß Bier in die Badstube bringen zu lassen, denn auch dort würden sich Gäste einfinden, um den Abend zu verbringen. Unter der Theke standen die großen Steinkrüge, die er für diese Zwecke angeschafft hatte. Er setzte einen davon auf einen Schemel direkt vor das

Fass, öffnete den Hahn und zapfte langsam das goldgelbe Getränk. Den vollen Krug reichte er mit einer knappen Anweisung seiner Tochter.

Draußen auf der Straße neigte sich der Tag. Allmählich verstummten die Geräusche der Handwerker. Nur die hellen Klänge aus der Schmiede waren zu hören, wenn der Hammer des Meisters, zwischen den Schlägen auf das glühende Eisen, immer wieder locker auf den Amboss abfederte. Der wechselnde Rhythmus von dumpfen und klirrenden Lauten war eine wohlbekannte Musik, die selten beachtet, ihr Fehlen aber immer bemerkt wurde, wenn die Esse einmal kalt blieb. Die Abendsonne hatte den Himmel glutrot eingefärbt und eine leichte Brise brachte eine angenehme Kühle. Noch segelten die Schwalben und vollführten abrupte Flugmanöver, um Fliegen zu erhaschen. Wie sie oft paarweise den Horizont zerschnitten, in einer Geschwindigkeit, wie andere Vögel das nie und nimmer vermochten, brachte Magdalin oft zum Staunen. Der Krug wog schwer, doch der Weg war nicht weit. Die Haustür des Baderhauses stand offen und sie betrat den Fletz. Sie wusste, wo das Bier gewünscht wurde, und stieg die Stufen ins Kellergewölbe hinab.

Als sie auf halber Treppe angekommen war, wurde unten die Tür aufgestoßen und Sebald trat heraus. Strahlend rief er ihren Namen, da verfehlte Magdalin den sicheren Tritt auf einer etwas kurz geratenen Stufe und stolperte ihm entgegen. Sie flog ihm mitsamt dem Bierkrug in die Arme, stieß das schwere Gefäß gegen seine Brust, dass ihm das Bier ins Gesicht hoch spritzte.

Mit zusammengekniffenen Augen schüttelte er den Kopf, doch nach dem ersten Schreck konnte er nicht anders, als über das Missgeschick laut zu lachen. Immerhin hatte ihm diese unfreiwillige Dusche seine heimliche Liebe in die Arme geworfen.

»Oh, Magdalin, ich bin doch schon gewaschen!«, meinte er triefend.

»Es tut mir so leid, Sebald! Ich bin so ungeschickt!«

»Ach was! Ich habe dich erschreckt, es tut mir leid!«

Mit dem Ärmel seines weißen Leinenhemdes wischte er sich das Bier aus dem Gesicht und grinste, doch da bemerkte er, dass Magdalin sich wohl am Steinkrug gestoßen hatte, denn sie fasste sich an die blutende Unterlippe.

»Au!«, schluchzte sie leise. Er nahm ihr schnell den Bierkrug ab und stellte ihn auf den Boden, um sich die kleine Wunde genauer ansehen zu können.

»Du hast dich gestoßen. Komm hinauf ins Licht, dann sehen wir es uns an! Hier ist es zu dunkel. Ich kann es kaum erkennen.«

»Es ist nichts!«

»Na los, ich geb dir ein sauberes Tuch. Ist mit deinen Zähnen alles in Ordnung?«

»Ich glaube schon.«

»Los, hinauf mit dir!« Er schob sie auf die Treppe, dabei klopfte sein Herz, denn obwohl er Oberflächlichkeit vorgab, brachten ihn diese Berührungen beinahe in Ekstase. Nie zuvor hatte er sie berührt, doch gerade eben lag sie in seinen Armen und als er sie schob, drückte seine Hand für einen Moment ihren Po.

In der Behandlungsstube rückte er einen Hocker ans Fenster, sodass er besser sehen konnte. Zuerst tupfte er vorsichtig das Blut von den Lippen. Es war nicht schlimm.

»Mach mal den Mund auf!«

Zaghaft gehorchte sie und öffnete halb. Ein Speichelfaden zog sich auf und riss dann ab. Sebald stützte mit der linken Hand das zarte Kinn und mit dem Zeigefinger seiner rechten berührte er vorsichtig drei Zähne am Unterkiefer und untersuchte den Halt.

»Es sieht nicht gut aus!«

»Was? Wieso?«

»Deine Augen. Was ist mit deinen Augen? Hast du geweint?«

Sie fasste sich selbst in den Mund und drückte an den Zähnen. Er hatte ihre verschwollenen Augen entdeckt und sie schämte sich – senkte den Blick zu Boden.

Sebald hielt sie an den Oberarmen, und als er noch einmal nachfragte, tropften Tränen in ihren Schoß. Er zog sie in seine Arme und wiegte sie sanft. Sebald war selig. Er spürte dieses zarte Mädchen und war dankbar für ihren Schmerz, denn der hatte sie in seine Arme gelegt. Was auch immer es sein mochte, der Herrgott hatte aus dem Kummer ein Gutes erwachsen lassen. Er lehnte so nah an ihrem Hals, dass er ihren süßen Geruch wahrnahm. Eine kleine Weile hielten sie sich fest. Dann berührten seine Lippen vorsichtig die weiche weiße Haut und er küsste sie zärtlich. Sie war ganz still geworden. Sebald spürte, wie ihre Hand auf seinem Bizeps lag und ihn befühlte, ihn kaum wahrnehmbar drückte. Während das Glühen des abendlichen Himmels allmählich erlosch, entzündete es sich von Neuem in seinem Körper. Sein Atem ging tief und laut und er spürte, wie er sich erregte.

In Otts Gaststube gefiel es Simon an diesen Abend nicht. Was interessierte ihn das Geschwätz der alten, nach Schweiß und Vieh stinkenden Bauern, die sich einbildeten, Herren zu sein. Sie saßen vor ihren Bierkrügen und rauchten aus langen Pfeifen billigen Tabak, dessen beißender Rauch in den Augen brannte. Die Gespräche drehten sich um das Wetter, rauschige Schweine und den Zustand des Korns auf den Feldern. Dann ereiferten sie sich wieder in einer lächerlichen Ignoranz gegenüber der drohenden Gefahr und soffen umso einmütiger ihre Krüge leer.

Simon saß alleine an einem der kleineren Tische und beachtete die Männer nicht weiter. Er aß sein Abendbrot, ohne überhaupt wahrzunehmen, was er da lustlos kaute und hinunterschluckte. Seine Gedanken drehten sich im Kreis. Wie zu Hause in Salzburg umschlang ihn die Furcht. Zudem fühlte er sich gedemütigt und gleichzeitig brannte sein Herz für Magdalin. Doch sie lebte in einer anderen Welt. Würde sie jemals ihrer Familie den Rücken kehren können? Als sein

Weib müsste sie zu ihm stehen und an seine Seite kommen. Zornig kippte er einen Krug sauren Wein in sich hinein, so zügig wie drüben am großen Eichentisch die Bauersleut ihr schales Dünnbier. Die Gedanken waren bei Magdalin, die seinen Stolz verletzt hatte. Die Gefühle rangen zwischen zorniger Verachtung und Liebe. Er schlug krachend das Brotmesser auf die Tischplatte und drückte seine Rechte zu einer Faust, dass ihm die Nägel schmerzhaft in die Haut bohrten. Dann wieder ließ er sich schlaff in die Stuhllehne zurückfallen, schloss die Augen und kämpfte mit den Tränen. Er liebte. Er zürnte. Er hatte Schiss. Er spürte die verdammte Ohnmacht und schämte sich seiner Weichheit.

Als plötzlich der Krämer vor ihm stand, mit einer Hand bereits am leeren Stuhl zog und freundlich fragte: »Ist es erlaubt?«, da verzog Simon das Gesicht und wehrte der Gesellschaft mit einer unfreundlichen Geste: »Nun, ich bin gerade darauf bedacht, aufzubrechen! Ihr könnt euch gerne niedersetzen, wenn Ihr wollt, doch ich muss leider hinaus.«

Simon stand auf, schob dabei den Stuhl knirschend zurück und verließ die Stube ohne einen Gruß. Der Wirt würde seine Zeche anschreiben. In der breiten Wirtsdiele erschreckte ihn die Hauskatze, die vor seinen Füßen vorüberhuschte. Er holte aus, um ihr einen Tritt zu verpassen, doch das Tier entfloh lautlos und ohne Mühen. Um ein Haar hätte er seinen sicheren Stand verloren und wäre auf dem Hosenboden gelandet, doch er erwischte mit seiner linken Hand das abgegriffene Treppengeländer.

Kein Wunder, dass einem das Viehzeug auf der Nase herumtanzte, denn die schwere Haustür stand sperrangelweit offen. Ein Abendrot leuchtete am Himmel und färbte den ganzen Hausfletz in ein warmes orangefarbenes Licht. Simon lehnte mit der Schulter am Türrahmen und blickte in die Glut des Firmaments. Er spürte etwas Bedrohliches in diesem Brennen und ein Vers des Propheten kam ihm in den Sinn, wo es heißt »Und siehe, es kommt ein Tag, der brennen soll wie ein Ofen!«

Was für ein Unsinn! Hatte er nicht jedes Mal über solch abendliche Pracht gestaunt? Wie oft war er am Fenster gestanden und hatte sich über das schnell verändernde Spektakel gefreut? Manchmal veränderten sich die Farben innerhalb Minuten von leuchtendem Gelb über ein glühendes Orange zu einem violetten und schließlich dunkelblau sterbenden Tageslicht. Und doch wollte dieser Abend mit seinem Brennen Unheil ausschütten. In dem Moment, als Simon auf die Straße hinaus schritt, begann die Totenglocke zu wimmern. Er hielt inne und blinzelte hinauf auf den Kirchturm. Als er die Augen schloss, trugen ihn seine Sinne weg aus diesem unheilbaren Ort. Der Glockenton verwandelte sich in die helle Stimme einer Geige, die im warmen Abendwind ihr Lied strich. Alsbald aber brachte ihn das Kläffen eines Hundes zurück auf die Marktstraße, und er murmelte das angebrachte Gebet: »Oh Herr gib ihm die ewige Ruhe, und das Licht leuchte ihm!«

Simon schlenderte zum Badhaus hinauf. Obgleich er im Wirtshaus die Gesellschaft des Krämers nicht ertragen hatte können, wollte er jetzt auch das Alleinsein nicht leiden. Vielleicht gäbe es eine leise Musik und einen ruhigen Diskurs der Marktherren zu belauschen, dazu einen Becher trinkbaren Wein. Im Eisenring neben der Haustür steckte wieder ein frischer Birkenzweig und lud in die warmen Gewölbe.

Die Haustür stand offen und da Simon mit den Räumlichkeiten vertraut war, stieg er freimütig die Treppe hinunter. Im selben Augenblick, als er in die Kellerräume eintrat, huschte oben Magdalin mit erhitztem Gesicht aus Sebalds Stube und hinaus auf die Straße. Sie sahen sich nicht.

Magdalin war völlig durcheinander. Das aufgewühlte Herz klopfte wild in ihrer Brust. In diesem Zustand konnte sie nicht in die lärmende Gaststube des Vaters zurückkehren. So verschwand sie zur Rückseite des Badhauses, wo sich hinter der Markthäuserzeile nach Westen die Gärten und die Schafweiden über die umliegenden Hügel ausdehnten. Unweit des Gasthauses ihres Vaters stand auf einer Wiese ein alter, ausladender Lindenbaum. Zu Fuße des Stammes hatte Martl, der Bräuknecht, eine kleine Bank aufgestellt, wo er an milden Sommerabenden gern ein Tabakspfeifchen in Ehren genoss. Das Gras auf der Wiese war frisch gemäht und zur Trocknung auf die hölzernen Heumandl aufgeschichtet. Es duftete wunderbar.

Magdalin fand den Platz leer, setzte sich, und lehnte sich gegen den dicken Stamm. Trotz der fortgeschrittenen Stunde summten und brummten über ihr tausende Bienen. Der süße Duft der Lindenblüten mischte sich mit dem Geruch des geschnittenen Grases, und betörte ihre Sinne. Wie so oft, wenn ihr Herz betrübt war, fiel hier die Sorge von ihr ab. Martl war es auch gewesen, der sie unter der riesigen Baumkrone einst eine wichtige Lektion gelehrt hatte: All unsere menschliche Sorge, so der alte Knecht, sei ein Fliegenschiss vor dem Auge des Herrn. Wer ist der Mensch, dass er glaube, er selbst habe sein Schicksal in der Hand? Wenn wir doch nur seine Wege einschlagen, und seinen Willen annehmen, und auf seine Gnade vertrauen würden, so bräuchte es uns in keiner Notlage bange sein. Und er wusste eine Prophezeiung aus der Heiligen Schrift wiederzugeben, die ihm einst der Prior Bartl verraten hatte. Die Zusage aus einem Psalter für alle frommen Christenmenschen: »Ich will dich unterweisen und dich lehren den Weg, den du gehen sollst; ich will dir raten, mein Auge ruht über dir.«

Magdalin verlor sich in den Wolken des abendlichen Firmaments. Sie schloss die Augen und erinnerte sich an die Zusage des Herrgotts: Mein Auge ruht über dir!

Ach Herrgott. Wenn ich doch nur erkennen könnte, welches der richtige Weg für mich ist. Du siehst auf mich herab und du kennst mein Herz besser, als ich selbst es vermag. Was soll ich nur tun? Jetzt sind es zwei Jünglinge, die um mich werben, doch ich fürchte, dass keiner mir Glück bringen wird.

Was habe ich nur getan, dass Sebald mich so unanständig bedrängt? Er macht mir Angst. Er ist wie ein wildes Tier, das seine Gier nicht stillen kann, und an dem Fleisch der Beute nicht satt wird. Ja, mag sein, dass er das Fleisch reißt, aber die Sehnsucht des Herzens nicht verstehen kann. Doch ich will ihm keine Beute sein – das wäre das Letzte! Ich will keusch bleiben und einem Mann die Hand geben, der es ehrlich mit mir meint. Und für dahin will ich der Hitze meines Leibes widerstehen. Nicht mehr will ich weich werden, wenn der Bader mir Augen macht. Ich will mich nicht mehr nach ihm ausschauen, wenn er in gebleichtem Leinen zur Messe den Kopf hochträgt, und uns Weiberleut die Zähne bleckt. Er ist es nicht wert, mein Herrgott, das hab ich wohl begriffen, und ich glaube, dass es dies ist, was du mir raten möchtest, weil ich keinen Zweifel spüre in meinem Denken, und ebenso keinen Zorn. Mag der Bader sein liederliches Treiben fortsetzen und seine Weiberzahl in ein Kerbholz schnitzen – es dauert mich, und ich will nur erbitten, dass er sein Falsch einsehen und ändern mag.
Zu dir, Heilige Mutter Gottes, flehe ich um Beistand, da du Weib bist wie ich und das verderbliche Spiel gesehen hast. Auch wenn ich die Berührung zugelassen habe, so doch nur, weil ich für mein Herzeleid den Trost des Freundes erwartet habe. Ich habe mich doch seiner Umklammerung erwehrt, und deshalb bitte ich dich, Heilige Mutter Gottes, dass du Fürbitte sprichst für mich und mir gedenkst. Ich will es auch dem Herrn Pfarrer beichten und meinen Frieden darüber finden. Gottlob bin ich unbefleckt geblieben vor dir und dem Herrgott!

Die Rufe eines Krähenpaares holten Magdalin aus ihrem Zwiegespräch zurück in ihre kleine, begrenzte Welt und ließen sie aufschauen in den dunkler werdenden Himmel. Gänsehaut erfasste ihre nackten Arme. Dann kam ihr Simon in den Sinn. Sie erinnerte sich an seine Worte. ‚Komm mit mir!', hatte er zu ihr gesprochen, nichts weiter. Wenn das so einfach wäre! Selbst wenn er es ehrlich meinte, sie könnte doch ihren Vater niemals im Stich lassen. ‚Komm mit mir!', waren seine einzigen Worte, und sie hatte ihm eine so derbe Abfuhr erteilt, ihn einen ‚bösen Kerl' geschimpft. Ihre aufgebrachten Worte reuten sie.

Simon ist so anders, kein Mann für das Landleben, das sieht man gleich. Wie hatte er sich geplagt, um die paar Gerstensäcke auf den Dörrboden zu tragen. Selbst der alte Martl hätte ihn ausgelacht. Und ich habe mitgelitten, weil er es doch gut meinte und helfen wollte. Was ist das nur für ein seltsamer Kerl – ein Stadtmensch halt. Und deshalb taugt er nicht für den Hof, und nicht als Bräu, und wenn es drauf ankommt, nicht einmal als Bader. Ein Bucharzt! In eine ungewisse Zukunft ginge ich mit dem, das steht fest. Ich kann doch meinen Vater nicht zurücklassen. Ach Herrgott, du siehst mich in diesen Wirren. Der Simon wird wohl nicht der rechte Mann für mich sein, mit dem du mich segnen willst, oder? Verzeih mir meinen Zorn auf ihn. Du hast ihn in unser Haus geführt, und er entzündete mein Herz. Ich glaube wohl, dass es keinen Zweiten gibt, der so vorsichtig und zärtlich ist wie er. Wenn er doch ein Wagner oder ein Schuster wäre, meinetwegen ein Leinweber – ich könnte ihn lieben, aber ein Bucharzt! Die Mutter hätte gesehen, was mich bewegt. Sie hätte mich getröstet und gesagt: ‚Das schickt sich schon, mein Kind. Lass nur den Herrgott lenken.'

Ja, die Mutter hat ihr Vertrauen in dich gelegt und ist damit gut gefahren, solange sie lebte. So will ich es auch halten und mich nicht länger quälen. Ich lege meine Zweifel in deine barmherzigen Vaterhände! Amen!

Mit einem frohen Herzen machte sie sich auf den Weg und kehrte in die Gaststube zurück. Ihr Vater war ungehalten und in Zweifel, als er erfuhr, dass seine Tochter die Zeit auf der Weide verträumt hatte, doch der Schankbetrieb ließ ihm keine Gelegenheit für ein ernstes Gespräch.

Aus dem Badgewölbe drang an diesem Abend Flötenspiel und Gelächter. Die Lampen in den kleinen Mauernischen spendeten ein warmes, gelbes Licht. Trotzdem lagen die Kellerräume recht dunkel. Auf einem kleinen Sims des gemauerten Ofens stand eine messingfarbene Schale mit Räucherwerk und verströmte mildherben Duft. Junge Männer hockten mit der obligatorischen Bruoch, der Badehose aus ungefärbtem Leinen, auf den Ofenbänken neben dem großen Kupferkessel, in dem das warme Wasser aufgeheizt wurde. Ein besonders gewiefter Bursche riss eine lustige Zote nach der anderen, worauf seine Kameraden grölten und sich die Schenkel klatschten. Sie nahmen keine Notiz ob des neuen Gastes, der schüchtern um die Ecke spähte und sich dann wieder in die Vorräume begab.

»Mein Freund aus der Stadt! Habe die Ehre, mein Bester!«

»Grüß Gott, Sebald. Mir war nach guter Gesellschaft zumute.«

»Da bist du in meinem Hause richtig. Ich freue mich sehr, dich zu sehen. Was kann ich dir Gutes tun? Soll ich ein wohltuendes Wannenbad mit Blumen und Kräutern für dich vorbereiten lassen?«, fragte er geschäftstüchtig.

»Ich mag ein wenig auf die Schwitzbank und dann ein Maul voll Wein zu einem Stück Käse. Nicht viel, denn eigentlich habe ich schon gespeist, aber es verlangt mich trotzdem nach einem guten Stück aus deiner Küche.«

Sebald schöpfte aus einem Bottich frische Waschlauge, die seine Magd durch Ausschwemmen von Buchenasche gewann, und stellte sie zur Körperwaschung bereit.

»Hier hast du eine frische Lauge. Brauchst nicht sparen damit. Es ist alles bereit und die Schwitzkammer dampft gerade recht. Ruf nach mir, wenn du etwas wünschst!«

Ein hervorragender Aufguss ward auf die heißen Steine gebracht. Die Duftmischung aus herben Kräutern und Nadelgehölz erfreute den Gast. Simon wusste die Künste des Dorfbaders zu schätzen – hier in der Badstube, aber ebenso in der Kräuterkunde, bei den chirurgischen Eingriffen und beim Zahnbrechen. Manches Mal waren es unbestritten grobe Methoden, doch dienten sie gänzlich der Gesundheit des Patienten. Simon beobachtete deshalb fast schon ein wenig neidisch, wie der junge Bader, der keinerlei medizinisches Studium absolviert hatte, die klagenden Gäste so geschickt zu kurieren wusste.

Dieser Tölpel beherrscht sein Handwerk, fast möchte ich sagen, seine Kunst, denn er hat für jeden Leidenden die richtige Behandlung parat. Wo er das nur gelernt hat? Von seinem Vater? So muss es sein, dass auf dem Land die Heilkunst einfach weitergegeben wird. Von Generation zu Generation. Es ist erstaunlich. Schmerzt der Rücken, so weiß er mit Hitze und Druckmassagen zu lindern, zwickt es in den Gedärmen, so hat er die richtige Kräutermischung. Schmerzt der Zahn, so weiß er zu brechen. Es ist ein Ding, das mich ereifert! Ich habe jahrelang studiert und bin noch immer kein Meister meines Fachs. Wem bin ich schon nütze? Da verstecke ich mich hinter einer falschen Identität und reihum krepieren die Menschen. Es muss etwas geschehen! Wenn es drauf ankommt, muss mein Studium mehr sein, als einen faulen Zahn aus dem Maul zu reißen. Ich muss etwas daraus machen. Ich muss es endlich anwenden und darf nicht länger zurückhalten.

Simon sog den angenehmen Dampf tief in seine Brust. Er lauschte den Geräuschen der Gesellschaft. Zur Flötenmusik gesellte sich nach einer Weile ein zweites Instrument, ein Saitenspiel, vielleicht eine Laute. Alsbald hoben sich Stimmen an und sangen zu den Melodien. Die anfängliche miese Laune war schnell verflogen. Trotz seiner ernsten Gedanken fasste er Mut. Über sich selbst und über die Tölpel im großen Bad, die gerade jetzt, im Angesicht der Todesgefahr, zur besten Heiterkeit aufliefen, konnte er sich nur wundern. Er schüttelte leise lachend den Kopf.

Nach einer Weile kam Sebald in die Kammer und schöpfte noch einmal seinen Sud auf die Steine.

»Leg dich hier auf die untere Bank, ich will mir deinen Rücken ansehen!«

Simon gehorchte, legte sich bäuchlings auf die untere Bank und ließ den Bader gewähren. Mit wenigen Handgriffen waren die Muskelverspannungen ausgemacht.

»Ich versuche, diese Verhärtungen zu lösen, ja? Es kann ein wenig weh tun, aber danach fühlst du dich besser.«

»Das wäre wunderbar, denn ich habe tatsächlich üble Kreuzschmerzen.«

»Habe ich mir schon gedacht. Ich sah es an deiner Haltung und deinem Schritt.«

Simon war überrascht. Der Bader sah den Wehdam an der Haltung? An seinem Schritt? Sehr seltsam, aber wie auch immer, er freute sich auf eine entspannende Rückenmassage. Ihm war klar, dass er dafür würde extra bezahlen müssen, und er vermutete eher eine raffinierte Masche als eine besorgte Beobachtung.

Simon spürte ein sehr warmes Öl auf seinen Rücken rinnen, das der Bader schnell verteilte und angenehm einmassierte. Im unteren Rückenbereich seitlich der Wirbelsäule kreisten die fachkundigen Finger an den harten Muskelsträngen. Plötzlich aber drückten kräftige Daumen den Körper punktuell auf die Leckbank. Gleich darauf bohrten sich die Fingerknöchel einer harten Faust in die schmerzenden Fasern. Simon ächzte erschrocken. Nur einen Moment strichen wieder die Daumen über die ganze Partie, um sich dann aber erneut festzusetzen und in einem noch schmerzhafteren Punkt lang anhaltend zu pressen. Als schließlich ein Ellenbogen den armen Körper malträtierte, rang Simon um Luft. Er konnte nicht einmal mehr schreien, so sehr wurde sein Körper auf die Bank gequetscht. Rotz und Tränen liefen. Er ersehnte das Ende der Tortur. Die Folter wurde milder. Nochmal drückten die Fingerknöchel in empfindliche Punkte, dann massierten die Hände des Baders den gesamten Rücken. Heiße Steine wurden aufgelegt und Simon fühlte sich geschlagen wie Korn unter des Bauern Dreschflegel. Flach atmend lag er bewegungslos und schlief dann für eine kurze Weile ein.

Als Simon wieder zu sich kam, war die Hitze durch die offene Tür gewichen. Langsam richtete er sich auf und schleppte sich benommen hinüber ins große Bad, wo eine Gruppe Männer gemütlich beisammensaß.

»Wein und Käse für den Herrn aus Salzburg!«, erinnerte sich Sebald und sprang auf, um dem Wunsch nachzukommen.

Simon lauschte eine Zeit lang den Gesprächen, die sich um die Krankheits- und Todesfälle im Ort drehten. Es reizte ihn so sehr, sein Wissen einzubringen, und plötzlich konnte er nicht mehr anders, als von den Praktiken seines Vaters in der Seuchenbekämpfung zu berichten. Er erzählte von den Krankenbesuchen, den Präventionsverordnungen der Ärzte in der Stadt, den Masken und Wachsmänteln, den Medikationen und Isolationsanordnungen.

»Einen solchen Arzt könnten wir verdammt gut gebrauchen«, meinte Sebald, der mit einem Jausenbrett und einem Krug Wein wieder dazukam. »Einen Arzt brauchen wir, sonst sind wir verloren! Du sagst, dein Vater ist ein Medikus?«

»Ja, er ist der Stadtphysikus zu Salzburg und mit der Krankenbehandlung beauftragt.«

»Erzähl! Was verabreicht er?«

Simon nahm einen großen Zug aus seinem Becher. Jetzt musste er sich offenbaren. Jetzt war der Moment, zu bekennen. Er war aus Salzburg geflohen, um sich nicht an den Beulen, den Säften und der verdorbenen Luft anzustecken, doch der Schwarze Tod war überall. Es gab kein Entrinnen und er musste sich stellen. Vielleicht war das in diesem Dorf leichter, überschaubarer.

»Ich bin auch einer!«

»Was meinst du, Simon?«

»Ich habe die Medizin auch studiert, neben der Rechtswissenschaft«, log er. »Ich habe meinen Vater bei seinen Behandlungen begleitet und weiß eine Menge über die Krankheit. Ich könnte helfen.«

Was sage ich nur! Herrgott im Himmel!

Alle Augen waren auf den jungen Physikus gerichtet und die Geschwätzigkeit war verstummt, doch die Gedanken trugen ihn hinweg. Er sah sich in seine Heimatstadt Salzburg zurückversetzt. Er sah sich in Überwindergesichter schauen und Hände schütteln. Ohne Angst. Der Wein schmeckte herb. Simon leerte den Becher und setzte ihn übertrieben laut auf die Tischplatte zurück.

»Ich kann helfen.«

»Mann, wo bleibst du nur?«, rief ihm seine Frau aufgeregt entgegen, als Dr. Sandtner die große Haustreppe zur Wohnung hinaufstieg.

»Ein Brief ist gekommen. Er ist von Simon!«

Ein Brief von Simon? Endlich ein Lebenszeichen! Schnell eilte er die letzten Stufen empor und trat schnaufend über die Türschwelle. Er warf den Hut auf den kleinen Beistelltisch im Flur und ließ sich aus dem Janker helfen. Dann nahm er den Brief, den seine Frau in der Hand hielt, an sich. Er wog ihn in beiden Händen. Las ganz irritiert zuerst konzentriert seinen Namen und die Anschrift auf dem Adressfeld, dann drehte er ihn um. Auf der Rückseite las er den Namen seines Sohnes und den Ort Simbach als Absenderort. Seltsam – mit dieser Angabe konnte er nichts anfangen. Aber es war die Handschrift seines Sohnes.

»Willst du nicht öffnen?«, drängte die Hausfrau.

»Ja, ja, natürlich. Hoffentlich ist alles gut!«

Der alte Arzt tappte in besorgter Anspannung hinüber in sein Arbeitszimmer und schloss die Tür hinter sich. Auf dem Schreibtisch lag das aufgeschlagene Patientenbuch, in das er am Vortag voller Freude einen Fall von Gesundung protokolliert hatte. Jetzt schlug er es ohne weitere Beachtung zu und legte es zur Seite. Mit zitternder Hand führte er einen silbernen Brieföffner in den Umschlag und schnitt ihn vorsichtig an der oberen Kante auf. Mehrere Blätter waren darin. Schon als er die Papiere auffaltete und sich sein Blick an die Anrede auf dem ersten Bogen heftete, stiegen ihm die Tränen in die Augen. »Lieber Herr Vater …« Er blinzelte und schniefte, und wischte sich die Schweißperlen von der Stirn.

Der Arzt öffnete die Schreibtischtür und holte eine Flasche heraus, zog den Korken und trank einen kräftigen Schluck, ohne ein Glas einzuschenken. Mit geschlossenen Augen spürte er die wohlige Wärme bis in den Magen hinabsteigen. Nach einem kurzen Moment nahm er das Schriftstück zur Hand und las mit ernster Miene die Nachricht seines einzigen Sohnes. Das weiße Papier flatterte sanft in den zittrigen Händen des alten Mannes. Der Junge war gesund. Die Gesichtszüge des Vaters entspannten sich und formten ein mildes Lächeln. Seine Augen glänzten. In dieser Zeit zählte nicht das Werk des Sohnes, nicht der Erfolg seiner Arbeit, sondern einzig das nackte Leben.

Leben und Tod, so sinnierte er, trennte in diesen Tagen nur der flüchtige Gedanke einer launischen Macht. Eine Autorität, die der Arzt nicht einzuordnen wusste. War da die kalte Hand Satans am Werk oder die strafende Hand Gottes? Die Vorstellung von einem gnädigen Herrgott, die sich ein Leben lang eingeprägt hatte, war in ihren Grundfesten erschüttert.

Simon war gesund – was für ein Glück! Dankbar formulierte er in Gedanken ein Gelobt-sei-Jesus-Christus, und legte das erste Blatt vorsichtig zu Seite. Der folgende Text ließ den Blick des Lesers verfinstern. Die Flucht aus Salzburg habe ihn nur vorübergehend vor der Konfrontation mit dem tödlichen Fieber bewahrt. Auch auf dem Land grassiere der Tod und habe nun den Ort Simbach erreicht. Der Alte schüttelte den Kopf und konnte die Situation nicht begreifen. Wenn es in der Fremde nicht besser war als in der Heimat, dann sollte Simon doch nach Salzburg zurückkehren, wo das medizinische Wissen auf dem Höhepunkt der Zeit war. Den Grund für das Verbleiben in diesem Bauerndorf meinte der Vater zwischen den Zeilen ausgemacht zu haben. Ein Weibsbild hatte ihm wohl den Kopf verdreht. Es schien ihm unglaublich. Auch das noch! Eine blinde Liebe zu einem dummen Bauernmädchen.

Als es an der Tür klopfte, war Dr. Sandtner tief in Gedanken versunken.

»Was ist denn nun? Was schreibt er?«

»Simon ist gesund«, und in leisem Tonfall fügte er hinzu: »Zumindest war er gesund, als er diesen Brief schrieb. Mehr kann man nicht sagen.«

Dr. Sandtner erhob sich stöhnend, reichte seiner Frau den Brief, damit sie ihn selbst lesen konnte, und verließ das Studierzimmer.

Am Esstisch schöpfte die Hausfrau eine Grießnockerlsuppe in Teller, die für die gewöhnlichen Tage verwendet wurden. Diese waren aus gebrannter Keramik gefertigt, aber einfarbig weiß, schlicht und ohne besondere Merkmale.

»Warte!«

Der Mann rang um Fassung und in seinen Augen stand Wasser. Er sagte kein weiteres Wort, schenkte der Frau aber ein gequältes Lächeln. Dann stand er auf und schlurfte zum großen Kasten aus edlem Holz. Er öffnete die leise quietschende Tür, nahm zwei Teller des wertvollen Geschirrs vom Stapel, zwei Silberlöffel aus der Schublade und tauschte den noch leeren Teller seiner Frau. Er schüttete seine Suppe zurück in den Topf und schöpfte dann erneut in das mit zarten Blümchen verzierte Feiertagsgeschirr. Zufrieden verteilte er selbst die Nockerlsuppe, die er sehr gerne aß, in beide Teller. Die Hausfrau blickte verunsichert, doch ihr Mann nahm liebevoll ihre Hand und nickte ihr unter Tränen zu. Er schloss die Augen und sprach mit bebender Stimme ein Dankgebet. Ein Gefühl von schmerzlicher Glückseligkeit empfand der üblicherweise so ernste und distanzierte alte Mann.

»Einen jeden Tag«, so sprach er mit erhobenem Zeigefinger, »an dem ich nach vollbrachtem Tagwerk gesund am Tisch sitzen kann, möchte ich nicht länger ‚gewöhnlich' nennen. Ich will mich freuen und jeden Abend als Geschenk des Herrn feiern.«

»Aber was ist mit Simon?«

»Du hast es selbst gelesen – er will in diesem Dorf bleiben und behandeln. Ich werde gleich morgen einen Boten schicken, der das Theriak überbringt, sodass er die schlimmen Fälle damit bekämpfen kann.«

»Willst du ihn nicht bitten, zurückzukommen?«

Der Mann gab lange keine Antwort. Er biss auf seine Unterlippe und kniff die Augen zusammen.

»Nein, meine Liebe, das will ich nicht. Er muss es selbst entscheiden. Ich hoffe aber wie du, dass er zur Einsicht gelangt und heimkommt.«

»Hochwürdiger Herr Vikar, Räte des Marktes Simbach, verehrter Herr Advokat Sandtner, seid mir gegrüßt. Ich danke euch für euer Einfinden und komme gleich zur dringenden Sache. Es ist ein Notstand zu beklagen, wie ihr alle wisst, deshalb ist zu beratschlagen, wie des weiteren Handelns sei.«

Mit langen Worten berichtete der Kämmerer vom grassierenden Fieber, das trotz aller Bemühungen der Bürger nun auch ihren Ort heimgesucht hatte. Er nannte alle Todesfälle der vergangenen drei Wochen und dann richtete er das Wort an den Geistlichen.

»Hochwürdiger Herr Vikar, euer mahnendes Wort klingt mir noch in den Ohren: Es ist nicht genug! Es ist nicht genug! Das waren eure Worte. Haben wir uns nicht auf alles eingelassen, was ihr gefordert habt? Blieben unsere Schlagbäume nicht geschlossen, und haben wir unseren Markt nicht gegen Auswärtige und Durchreisende abgeriegelt? Wir haben die Tanzbühne gesperrt und alle öffentliche Festlichkeit abgesagt, und wir bauen die Kapelle für den Heiligen Sebastian. In allem haben wir gefolgt und sind euren Forderungen treu nachgekommen. Ich möchte jetzt aber wissen: Was sind wir denn schuldig geblieben? Was haben wir nicht geleistet, um das Sterben zu verhindern? Sagt es uns!«

Mit strengem Blick fixierte der Kämmerer den Geistlichen, auf den daraufhin alle Augen der Versammelten gerichtet waren. Trotz der Anklage zeigte der Mann in schwarzer Robe zuerst keinerlei Betroffenheit. Stattdessen formte seine Visage ein süffisantes Grinsen, mit dem er sich erhob.

In Flüsterton begann er seinen Beitrag. Er bedankte sich für die Einladung zur Versammlung und kam schnell auf den Kern seiner Aussage, die er plötzlich wie wildgeworden in den kleinen Saal plärrte.

»Was fällt euch ein, ihr Elenden, ihr wollt mir Vorhaltungen machen, wo ich euch ermahnt habe und euch bewahren wollte vor dem Malum. Schämt euch! Schämt euch für eure Worte und treibt euer schlechtes Treiben nicht auf die Spitze, denn der Arm des Herrn ist nicht zu kurz, als dass er jeden von euch hinwegraffen könnte! Ja, es ist wahr, dass ihr das Tanzhaus geschlossen habt. Aber mit welcher Herzenshaltung denn? Ihr Heuchler! Nicht mit freudigem Herzen, nein, mit Widerwillen, weil ihr euch gezwungen saht. Das ist kein Fasten, wie es dem Herrn gefällt! Es ist alles nichts wert, was ihr nicht mit eigener Überzeugung und Freude erfüllen wollt. Es hätte mich gewundert, das sag ich euch geradeheraus, wenn Gott der Herr ausgerechnet euch verschonen wollte. Wenn ihr nicht opfern wollt unter freudigen Schmerzen, dann sollt ihr sterben in Schmerzen!«

Bei diesen Worten schlug der Vikar mit der Faust auf die Tischplatte, blickte auffordernd in die Runde und setzte sich zurück auf den Stuhl. Seine Stimme hallte in den Köpfen der Anwesenden nach, und keiner wagte gegen ihn einen Einwand vorzubringen. Es lag an ihnen, an ihrem Unvermögen und der fehlenden Bereitschaft Opfer zu bringen.

Der Kämmerer sprang auf, sodass sein Stuhl nach hinten umkippte. Sein Gesicht war puterrot angelaufen. Das war doch die Höhe! All ihre Bemühung sollte umsonst gewesen sein? Seine Ohnmacht wollte er sich nicht eingestehen. Drohend hob er den Zeigefinger, verbiss sich eine wütende Antwort aber rechtzeitig, denn es wäre sicher nicht schlau, den Vikarius weiter herauszufordern, überlegte er geistesgegenwärtig. Der Pfaffe würde sein Spiel weiter fortsetzen, immer noch höhere, unverschämte Forderungen aufstellen, und am Ende wäre alles Ausbluten wegen unrechter Herzenshaltung trotzdem vergebens. Das wäre nicht schlau. Es reute ihn schon, dass er ihn überhaupt in den Rat hatte holen lassen. Wie sollte er jetzt nur verhindern, dass neue Gängelungen ausgesprochen würden. So schwer es ihm auch fiel, er müsste den Vikar mit Reumütigkeit überraschen und dürfte ihm nur ja keine Zeit mehr zum Nachdenken überlassen.

Mit zitternder Hand holte er ein sauberes Tuch aus der Hosentasche und wischte sich den Schweiß von der Stirn. Er schnaufte und schluckte, und suchte nach einer weisen Rede.

»Hochwürdiger Herr Vikarius,« begann er mit kniefälliger und gedämpfter Stimme, »ich danke Euch für Euer Wort.«

Erstaunte Gesichter waren auf ihn gerichtet. Stille. Einzig das schwere Atmen des Kämmerers war noch zu hören.

»Natürlich habt Ihr recht. Vielleicht mag es daran gelegen haben, dass wir die Opfer in der noch guten Zeit brachten, wo Simbach unversehrt war und die Not nicht unmittelbar drohte. Ich bin mir aber sicher, dass sich dies in unseren Herzen gewendet hat. Vergebt mir mein Aufbrausen und meine rebellische Anklag! Wir wollen uns alle prüfen und demütig werden. Wir wollen nun alles mit Freuden zu Ende bringen. Unseren ganzen Eifer, und noch mehr Mittel, werden wir in die Fertigstellung der Sebastianikapelle stecken. Der Schnitzer soll nochmal kommen und den Altar für den Heiligen noch feiner gezieren. Ich werde ihn auf der Stelle beauftragen, abermals ans Werk zu gehen. Lieber Herr Vikar, bitte bereitet eine würdige Einweihungsfeier in vier Wochen vor.«

Nach einem kurzen Moment der Stille fügte er hinzu: »Ist Euch das alles recht, Hochwürden?«

Der Kämmerer senkte seinen Kopf und harrte stillschweigend der Zustimmung des Vikars. Diese kam knapp und achtlos. Der Kämmerer aber war froh. Er hatte das Ruder glücklich herumreißen können. Innerlich triumphierend bedankte er sich für das Kommen und verabschiedete den Geistlichen aus der Ratsversammlung. Dem Vikar war damit das Wort abgeschnitten. Er konnte keine neuen Forderungen mehr aufstellen. Mit hochgestrecktem Hals und finsterer Miene erhob sich dieser und verließ den Raum grußlos.

Dem lauten Zuziehen der schweren Tür folgte ein zufriedenes Durchatmen des Kämmerers. Noch einmal wischte er sich die nasse Stirn, dann blickte er erleichtert in die Runde und erhob das Wort mit fester Stimme.

»Es gibt noch einiges zu tun, um gegen das Fieber anzukämpfen – aber nach unseren Vorstellungen, meine Herren.«

Zuerst berieten sie über eine Reihe von Hygieneverordnungen. Der Metzger dürfe beispielsweise keine Schlachtabfälle mehr auf die Straße werfen, wo Hunde, Schweine und Hühner sich daran labten. Solches gehöre auf den Misthaufen, nicht aber auf den Weg, wo die Bürger auf verfaulendem Gedärm herumsteigen müssten. Ebenso sollten die Hausfrauen keinerlei Unrat oder gar tote Tiere hinauswerfen. Die üblen Dämpfe dürften sich nicht weiter einnisten. Kontrollierte Feuer auf dem Marktplatz sollten die Luft reinigen.

Ein weiterer notwendiger Schritt, der grundsätzlich in allen fiebrigen Ortschaften verordnet wurde, sei die Schließung des Badhauses. Der Bader Sebald solle sich um die Versorgung der Kranken annehmen und würde dafür aus dem Gemeindeschatz entschädigt werden. Er habe sich um die Zustellung von Lebensmitteln und Heilkräutern zu kümmern. Betroffene Häuser müssten mit einer Kennzeichnung, einem roten Kreuz an der Haustür, versehen werden. Erkrankten Personen sei es nicht gestattet, ihre Häuser zu verlassen. Zur Bewältigung der Beerdigungen sei den beiden Totengräbern Hilfe auf dem Friedhof beizustellen. Nach einer kurzen Unterredung bestimmten sie den Nachtwächter und den Sonderling Bruder Bartl dafür.

Dann kam die Sprache auf den jungen Salzburger Herrn, der sich angetragen hatte, mit seinem medizinischen Wissen zu helfen. Er berichtete von diesem ‚zweiten' Studium, und dass er bei seinem Vater in der praktischen Anwendung viel gelernt habe. Er wisse ob der Therapien und der wirksamen Medikation, verheimlichte aber nicht, dass trotz allem nur wenige Erkrankte wieder gesund wurden.
Der Untere Bäcker rümpfte die Nase und auch andere waren skeptisch. Neben den Methoden der Kirche, des Kämmerers und des Baders ein neues Fass aufmachen? Nochmals andere Ansichten, damit sich am Ende niemand mehr auskenne? Simon hatte Mühe, die Männer zu beruhigen.

Für ihn gab es aber kein Zurück mehr. Er hatte etwas gutzumachen. Schließlich gab es eine Einigung. Der Bucharzt könne, dem Bader unterstellt, Vorschläge unterbreiten und solle ihm zuarbeiten. Simon hatte keine andere Wahl. Auch wenn ihm eine Stellung als Badersgehilfe ganz und gar nicht schmeckte, so musste er doch einwilligen. Es würde sein Schaden nicht sein, denn er erhoffte sich, Magdalins Liebe zurückzugewinnen. Von Sebald dem Bader versprach er sich obendrein eine Menge an praktischer Anwendung zu lernen.

Gerade noch rechtzeitig waren die Änderungswünsche für das Altarbild eingegangen, bevor die Arbeit mit einer goldenen Farbe bemalt werden sollte. Seit Monaten arbeitete der Schnitzer an diesem Werk, das für das kleine Kirchlein in St. Antoni bestellt war. Doch jetzt hatte es eine neue Bestimmung bekommen. Nichts Dringenderes gab es in diesen Wochen, als den Neubau der Kapelle für den Schutzpatron Sebastian fertigzustellen, damit endlich die Fiebergefahr gebannt werden konnte.

Von frühmorgens bis in die Abendstunden stand er in der kleinen Werkstatt und arbeitete zusammen mit seinem Sohn an dem kunstvollen Akanthusrahmen. Auf einem Sockel in der Mitte des Raumes war das große Werkstück stabil eingespannt. Mehrere Fenster spendeten ausreichend Licht und die Tür stand offen. An den Wänden hingen Sägen, Stemmeisen, Klüpfel, Handbohrer und allerhand Werkzeug. Die große Werkbank, ein Werkzeugschrank und Hocker in unterschiedlichen Höhen standen auf dem gestampften Lehmboden des Raumes. Hölzer in verschiedenen Profilen und Längen waren in ein Regal gestapelt. Auf einem kleinen Tisch stand eine unfertige Madonnenfigur, an der Korbinian, der schlaksige Sohn des Meisters modellierte. Doch dafür war im Moment keine Zeit. Mit feinen Schnitzeisen formten sie die Akanthusblätter, die Blumen und den Bogen, der den Heiligen einrahmen würde. Die saftigen Ranken waren ein christliches Symbol für die Unsterblichkeit. Meisterhaft verschlungene Wedel wanden sich auf beiden Seiten nach oben, wo verträumt dreinschauende Engelskinder saßen. Eine kunstvolle Arbeit, doch das Blattwerk sollte noch filigraner und tiefenwirksamer erscheinen. Der Meister stach das Eisen tief in das weiche Holz und schnitt die Zwischenräume nach hinten auf. Diese schwerwiegende Änderung hatte der Pfarrer aus Niederhausen, der zusammen mit dem Vikar den Altar in Augenschein nahm, angeregt. Die Fertigstellung würde sich deswegen nochmal um mindestens eine Woche verzögern. Von beiden Seiten bearbeiteten die Handwerker den Rahmen. Wo der Meister mit dem Geißfuß durchgebrochen hatte, da verrundete der Sohn die Kanten auf der Rückseite.

Mit frohem Sinn summte der Schnitzer vor sich hin. In schnellen Bewegungen schnitt er das Holz und die hellen Scharten fielen zu hunderten von den barocken Ornamenten. In Gedanken sah er sich in einer der vorderen Kirchbänke sitzen und den strahlenden Altar bewundern. Der Pfarrer würde in einer Ansprache seine Arbeit loben und es war tatsächlich sein bislang größtes Werk. Er blies Späne von einer Blütenkante. Mit schwindendem Tageslicht musste er sich anstrengen, bei sehr kleinen Konturen keine Fehler zu machen. Die Augen ließen allmählich ein wenig nach. Ihm knurrte der Magen, doch dachte er zufrieden, dass für sein täglich Brot auf lange Sicht gesorgt war. Für den Sebastiani-Altar konnte er einen guten Preis aushandeln und nach Fertigstellung brächte St. Anton Arbeit über den Winter. Sein Meisterwerk würde sich herumsprechen und stellte weitere Aufträge in Aussicht.

Der Alte beobachtete die Handgriffe seines Sohnes und war sehr zufrieden. Geschickt und schnell führte dieser das Eisen, hob dünne Scharten ab. Bald würde er die kleine Werkstatt übernehmen und das Handwerk weiterführen können. Mit 24 war es an der Zeit, eine Familie zu gründen und eine Frau fehlte im Haus, seit die Mutter vor zwei Jahren an einer Lungenkrankheit verstorben war. Jetzt schüttelte der Meister die Späne aus seiner grauen Schürze, löste die Kordel, die er auf dem Rücken zusammengebunden hatte, und hängte sie an einen Haken am Türrahmen. Dies war auch für den Sohn das Zeichen, das Tagwerk zu beenden. Mit dem Reisigbesen kehrte er den Boden sauber, denn der nächste Morgen wollte mit Ordnung beginnen. Der Vater war bereits vor das Haus getreten, wusch sich am Brunnen die Hände und erfrischte sein Gesicht mit dem kühlen Wasser.

»Wir haben keine Wahl, mein Guter, lass uns sehen, was wir finden!«

»Nenn mir das Maß!«, forderte Sebald.

Simon stand aufgeregt vor dem Tischchen und beugte sich tief zu dem Buch, das vor ihm aufgeschlagen lag.

»Es ist das Rezept meines Vaters – er hat mit zusätzlichen Kräutern experimentiert. Also lass uns anfangen. Acht Loth.«

Sebald zog die Schublade des Sockels auf, auf dem die alte Balkenwaage stand, und nahm das Tableau mit den Messinggewichten heraus.

»Acht.« Er legte kleine Gewichte in die rechte Schale, dann wischte er mit einem feinen Spatel so lange das helle Pulver in die andere Schale, bis sich die erste zu heben begann.

»Acht Loth Engelwurz, was kommt dann?«

»Opium, zwei Loth.«

»Opium habe ich nicht. Es ist teuer.«

»Was – kein Opium? Großer Gott!«

»Wir können Beifuß nehmen!«

»Beifuß? Das ist aber ein schlechter Ersatz!«, gab Simon zu bedenken. Auf einer leeren Seite seines Buches dokumentierte er die entstehende Mischung.

Sebald ging zu seinem Kräuterregal und verlangte nach den Namen weiterer Zutaten.

»Myrrhe, Baldrian, Safran, Rosmarin, Weinraute …«

»Nicht alles auf einmal! Myrrhe habe ich nicht. Gibt es ein verwandtes Kraut?«

»Nun, das Harz der Myrrhe wirkt gegen Entzündungen. Wir nehmen Kamille, aber die doppelte Menge. Also vier Loth Kamille, vier Loth zerstoßene Baldrianwurzel, ein Loth Safran. Sag, hast du getrocknete Schlangen?«

»Was?«

»Getrocknetes Natternfleisch!«

»Nein.«

»Dann Entenblut!«

»Entenblut? Habe ich nicht. Was sonst?«

»Entenblut, verdammt! Das wird doch wohl aufzutreiben sein!«

Die beiden Männer brachten Stunden damit zu, nach der Rezeptur des Stadtarztes Theriak herzustellen. Ein Glück, dass sich Sebald sehr für die Kräuterkunde interessierte und eine Vielzahl von Kräutern und Substanzen angesammelt hatte. Viele der Wurzeln und Blätter mussten sie nach dem Abwiegen im Mörser pulverisieren. Jeder der Bestandteile, der in dem Steinmörser zerrieben wurde, setzte seinen eigenen Duft frei. Simon, der das Rezept beigesteuert hatte, war am meisten fasziniert. All die Kräuter und Gewürze waren ihm fremd. Neugierig bestaunte er die Vielfalt der Blatt- und Wurzelformen. Blüten und Samen – verschieden in Form, Farbe und Größe. Manches Mal befeuchtete er die Kuppe seines kleinen Fingers, tauchte ein und schmeckte das Heilmittel. Sein Freund, der die Bitterkeit kannte, stellte sich jedes Mal unwissend und verfiel erst in schallendes Lachen, wenn Simon das Gesicht verzog, oder es ihn regelrecht durchschüttelte. Fast dreißig verschiedene Bestandteile verrührte der Bader am Ende mit vier Pfund Honig in einem großen Steintopf zu einem Brei. Simon war zufrieden. Es war seine Medizin, und es war Theriak. Theriak, das Wundermittel, das übersetzt ‚Wildes Tier' heißt. Er nickte zufrieden, dann nahm er den Spatel und hob eine kleine Menge aus dem Topf.

»Hier, nimm! Auf die Gesundheit, mein Freund. Na los, koste es! Es wird dich stark machen und schützen.«

Sebald zögerte einen Moment. Das Zeug war schließlich nicht für sie beide bestimmt, sondern für die Kranken. Doch dann sah er Simon entschlossen in die Augen, griff nach dem Spatel und nahm die Medizin. Dann stach auch er in den Brei und reichte es dem jungen Arzt.

»Ich weiß nicht, es schmeckt nicht wie ein Wundermittel«, meinte Simon.

»Es soll auch keine Wunder bewirken. Es soll einfach heilen.«, antwortete Sebald, und wusste ob der dringenden Not: »Die Frau des

Weißgerbers ist erkrankt. Wir sollten keine Zeit verlieren und es ihr bringen.«

Simon zögerte. Er erinnerte sich an die Worte des Vaters und an Erzählungen seines Professors. Es ist eine Sache, Kräuter zu mischen, doch das alles wäre nur Menschenwerk und noch immer nichts wert. Die Herstellung dieser Medizin wurde von Alters her zelebriert. Sie war schon vor Christi Geburt bekannt und nach den Erzählungen des Professors war die Rezeptur in die Mauern einer griechischen Inselstadt gemeißelt. Leider konnte er den Ort nicht mehr benennen.

»Warte!«, begann Simon und erzählte nach seinen Erinnerungen, was ihm noch einfiel.

»Eine entscheidende Zutat fehlt noch, damit unser Theriak auch göttliches Werk wird. Ich möchte es von Vikar Johannes weihen lassen.«

Sebald sah ihn fragend an. »Glaubst du das wirklich? Es ist fertig. Ich hatte zwar keine Myrrhe und kein …«

Simon hob abwehrend die Hand.

»Sebald, mein Freund,« begann er lächelnd und machte eine lange Pause, »es braucht keine Myrrhe. Es ist ein guter Theriak, aber trotz allem ist unsere Mühe nichts ohne den Segen des Herrn! Ich möchte die Weihe.«

Sie holten sich also die Weihe der Kirche und brachten das Mittel zur Frau des Weißgebers, die in den Morgenstunden des darauffolgenden Tages starb. Auch der Schwiegervater lag im Fieber. Sebald ließ ihn zur Ader. Er machte alles richtig. Er gab Theriak, ließ Tee aufkochen, kühlte das hitzige Fieber mit kalten Wickeln, sorgte für frische Luft, zündete Rauchwerk. Simon schrieb die Krankenfälle in ein Buch.

Ein kleines Ofenfeuer, das in den Sommermonaten nicht täglich geschürt wurde, erhitzte die Milch. Seit die Hausfrau gestorben war, hielt es der Schnitzer meist mit einer einfachen Kost. Brot mit Butter, Brot mit Schmalz oder geräuchertem Speck, eingebrocktes Brot in die Milch, und Brot zur gestöckelten Milch.

An diesem Tag verlangte ihn nach einer warmen eingebrockten Suppe.

Die Milch salzte er kräftig und warf eine Handvoll kleingeschnittenen Peterling dazu.

Der Schnitzer saß mit seinem Sohn zur Frühsuppe, der den Peterling in der Milch nicht leiden konnte, und begrüßte den Tag mit einem Gebet. Er sprach ein ehrliches Vaterunser. Die winzigen Fenster zur Westseite erhellten die Stube zur frühen Stunde des Tages kaum, aber die gelben Flammen der Feuerstelle sorgten für das schönste Licht. Das trockene Holz knisterte und Funken sprangen auf den Boden. Die Koch- und Wohnstube war klein und mit wenigen Möbeln eingerichtet. Alle ebenerdigen Räume hatten einen nur gestampften Fußboden. Die beiden Männer saßen auf der Eckbank, brockten Brotstücke in ihre Schüsseln und löffelten dann genüsslich die Milchsuppe. Der Junge war stets redselig, der Vater wortkarg, aber er hörte gern zu. Besonders die schöne Arbeit an dem Altar beflügelte den Jungen. Er sprach gern über die Details der Formen und machte sich große Pläne für seine Zukunft als Schnitzer. In seinen Tagträumen sah er sich an Hochaltären arbeiten und gutes Silber verdienen, auch wenn es bis dahin ein langer Weg war. Der Kunstfertigkeit des Vaters konnte er noch nicht das Wasser reichen. Er sah an sich herab. Das grobe Leinenhemd war fleckig und stank nach Schweiß und Holzöl. Auch die Hose war verdreckt und an mehreren Stellen geflickt. Eines Tages würde er ein gefragter Handwerker sein. Er stand als erster auf und ging durch die Tür neben der Feuerstelle barfuß hinüber in den Stall, wo er die Hühner und die Ziege in die Einzäunung hinausließ.

In der Werkstatt war es hell. Der alte Schnitzer legte sich die Schürze um und begann seine Arbeit. Durch die offene Tür drangen die Geräusche des Marktes. Die Musik eines Dengelhammers, der rhythmisch auf den feinen Sensenstahl niederschlug, dazu meckerten Ziegen und geschwätzige Weiber, ein Ochsenfuhrwerk klapperte und quietschte die Bergstraße hinauf und dazwischen wimmerte wieder das Totenglöckchen.

Der Meister setzte seinen Geißfuß ab und blickte zur Tür. Ein Moment der Andacht umrahmte das Gebet, das die stummen Lippen formten. Mit einem flachen Eisen verfeinerte er die Blütenblätter einer der Blumen in den Akanthusranken. Er schnitt feine Strukturen und schuf immer mehr Durchbrüche, um das Blattwerk luftiger und tiefer wirken zu lassen.

Leider machte ihm an diesem Morgen ein stechender Kopfschmerz zu schaffen. Seltsam. Er hielt inne, schloss die Augen und drückte für einen Moment die Fingerspitzen gegen seine Stirn. Dann legte er das Eisen zur Seite, stand auf und wischte die Scharten von der Schürze. Er ging hinaus zum Brunnen und trank aus der hohlen Hand das frische Wasser, benetzte damit auch das faltige Gesicht. Von der Gartenseite, die er nicht einsehen konnte, hörte er zwei Tauben, die abwechselnd im Duett gurrten. Es würde wieder ein warmer, wolkenfreier Tag werden. Ein wenig benommen wankte er zurück an die Arbeit. Obwohl die Schneide leicht durch das Holz zu drücken war, machte es ihm Mühe. Die Kuppel des Altarbogens wollte er ausformen. Ein leicht gewölbtes Eisen führte er, vom Mittelpunkt des Halbkreises aus, strahlenförmig nach außen, und es entstand eine wellige Muschel. Erschöpfung legte sich auf seinen Kopf und die Glieder. Keine Stunde hatte er geschnitzt, da fühlte er sich plötzlich so matt und krank wie nie zuvor. Langsam zog er den Schemel zur Wand zurück und setze sich, lehnte sich mit dem Rücken an das Holz und betrachtete das neue Detail. Aber er empfand keine Freude darüber. Wo nur der Junge blieb? Er wollte nach ihm sehen und sich dann hinlegen, doch er konnte sich nicht überwinden, aufzustehen. Eine Mattigkeit drückte ihn bleiern auf den Stuhl. Es gelang ihm nicht mehr, seinen Arm zu heben, damit er sich am Türrahmen hätte hochziehen können. Bewegungslos starrte er auf die Muschel im Altarbogen. Er würde den Kämmerer bitten, in der Kunstwerkstatt in Eggenfelden Blattgold zu besorgen. Die Muschel solle mit echtem Gold überzogen werden.

Endlich trat der Junge durch die Werkstatttür herein und erschrak fürchterlich, als er den Vater regungslos, mit offenem Mund und starren Augen, erblickte. Der zusammengesunkene Mensch erschien wie tot, doch da erlöste ein Lebenszeichen den Jungen von diesem Gedanken. Endlich ein leises Stöhnen, dann suchten die Pupillen der geröteten Augen um Hilfe.

»Was ist nur mit dir, Vater? Was ist geschehen?«

»Es verbrennt mich«, gab er zur Antwort und eine Träne lief langsam über die linke Wange und verschwand im grauen Vollbart. »Bitte, bring mir zu trinken!«

Schnell war vom Hausbrunnen Wasser geschöpft. Der Schnitzer konnte den Becher nicht alleine halten, aber sein Durst war übermäßig. Er trank ihn aus und verlangte nach mehr.

»Ich glaube, ich habe das Fieber«, stöhnte er, und seine Augen liefen wieder voll Wasser.

»Nein, Vater, das hast du nicht! Es ist ein Anfall von Schwäche. Du musst dich ein wenig ausruhen.«

»Glaub mir, ich weiß es! Es ist das Fieber!«

Der Junge überlegte panisch. Wie konnte er nur helfen? Er musste den Vater ins Bett bringen und dann um einen Fiebertee laufen. Der Bader wüsste Rat. Aber ob der ihr armseliges Haus betreten würde. In seinen Erinnerungen sah er den jungen Bader abfällig über die Armen schimpfen. Für sie hatte er nie etwas übriggehabt, denn sie konnten ihn für seine Behandlung nicht bezahlen. Mit ihren Leiden mussten die Elenden selbst zurechtkommen. Obwohl sie fast im gleichen Alter waren, hatte Sebald den Schnitzersohn von Kindheit an ignoriert. Doch würde er nicht in der höchsten Not vielleicht doch ein klein wenig Nächstenliebe zeigen? In Gottes Namen! Es war an ihm, es zu versuchen.

»Komm, ich bringe dich zum Bader!«

Mit Mühe zog er den Vater hoch, schlang den Arm um seine Schulter und stützte ihn, so gut es ging, doch die Beine versagten dem alten Mann vollständig. Der Junge musste einsehen, dass dies keinen Sinn hatte. Er lief hinaus in den Stall und kam nach kurzer Zeit mit dem Mistschubkarren zurück. Er warf eine Rossdecke darüber und schaffte es, den kraftlosen Vater darauf zu heben. Er legte einen Hanfstrick über dessen Brust, fädelte ihn unten den Armen durch und fixierte ihn ein wenig. Auf dem Weg zum Badhaus kam dem jungen Mann niemand zu Hilfe. Nur zwei Kinder liefen neugierig herbei, doch sie wurden mit strengen Rufen fortgeholt. Korbinian achtete nicht darauf und hatte keine Zeit, sich Gedanken um die fehlende Anteilnahme zu machen. Seine Sorge galt allein dem schwerkranken Vater, der trotz der holprigen Fahrt in einen Schlaf gefallen zu sein schien. Er keuchte die ansteigende Straße hinauf und musste zwischendurch einmal absetzen. Sein Herz pochte von der Anstrengung und vor Angst, und der Schweiß rann ihm in die Augen, als er endlich das Haus des Baders erreichte.

Auf das Hämmern an die Haustür öffnete die alte Mutter.

»Ich brauche den Bader!«, keuchte er atemlos.

Die Alte sah über seine Schulter hinweg die seltsame Fuhre.

»Was ist mit ihm?«

»Ich weiß es nicht. Er ist schwer krank. Fieber vielleicht.«

»Aber was bringst du ihn hierher?«, schimpfte sie abwehrend. »Der kommt uns nicht ins Haus!«

»Ich weiß nicht, was ich tun soll – er ist schwer krank!«

»Verschwindet! Ihr bringt mir den Tod ins Haus, ihr Lumpenpack!«

»Geh ins Haus, Mutter!«, rief Sebald plötzlich und zog die alte Frau am Arm in die Diele zurück. Er sprang das Eingangspodest hinunter und besah sich den siechenden Schnitzer, ohne ihn jedoch zu berühren. Er ließ ihn die Zunge herausstrecken. Seine Augen waren gerötet, er lag wie zerschlagen und begann sich urplötzlich in einem Froste zu schütteln.

»Es ist, wie es die Mutter gesagt hat, ich lasse euch nicht ins Haus. Wartet einen Moment. Ich will schnell hineingehen und euch eine Medizin herausbringen!«

Sebald verabreichte dem Kranken zwei Löffel der Kräutermedizin und gab ein kleines Säckchen mit einer Teemischung. Und er versprach, am nächsten Morgen nochmal Medizin in ihr Haus zu bringen.

»Ich bin nicht sicher, was es ist. Morgen früh komme ich zusammen mit dem Physikus in dein Haus, dann werden wir sehen. Steck deinen Vater jetzt ins Bett und koche ihm Tee.«

Trotz der Demütigung bewahrte sich der junge Schnitzer noch immer Hoffnung und er fasste neuen Mut. Was blieb ihm anderes übrig? Alles was ihm möglich war, würde er unternehmen. So schob er weinend den klappernden Mistkarren wieder hinaus auf die Straße und brachte den Vater heim. Zurück in sein Zuhause, mit den lehmgestampften Stubenböden. Den stämmigen Mann über die schmale Holztreppe in die Schlafkammer zu bekommen, schien ihm aber unmöglich, so trug er Strohsack und Decke in die Werkstatt, wo er ein Lager herrichtete. Hier war es weniger stickig als in dem kleinen Dachzimmer und der Vater konnte auf seinen Sebastiani-Altar blicken, sobald er die Augen auftat.

»Das Mittagessen muss heute ausfallen! Fett werden kannst du später auch noch.«

Mit groben Worten hielt der Wirt seinen Bräuknecht zur Eile an. Ott hatte Brautag und kochte den Biersud. Von Westen zogen dunkle Gewitterwolken auf. Das wäre nicht weiter schlimm gewesen, aber auf der Wiese standen noch immer die Heumandl. Das Heu musste auf der Stelle ins Trockene gerettet werden. Er selbst konnte unmöglich weg. Martl legte schon seinem alten Gaul das Kummet an und spannte ihn vor den Leiterwagen. Magdalin sollte mit ihm hinausfahren. Simon war auch im Stall, denn er versorgte seinen Hengst und so erfuhr er von der Eile und den notwendigen Arbeiten. Er bot an, zu helfen.

»So viel Arbeit ist es auch wieder nicht«, erwehrte sich Magdalin. »Wir werden es schon schaffen.«

»Ich möchte euch gern helfen. Ist es erlaubt?«

Sie fuhren also zu dritt die wenigen hundert Meter hinaus auf die Wiese. Ein Wind war aufgekommen und spielte mit ein paar Strähnen, die sich aus Magdalins hochgestecktem Haarknoten gelöst hatten. Simon beobachtete sie entzückt, lächelte aber nur unaufdringlich und wandte die Augen schnell wieder ab, wenn sich ihre Blicke trafen. Aller Ärger war verflogen und er hoffte so sehr, dass sich ihre Herzen wiederfinden würden. Nachdem er vor dem Marktrat seine Profession als Arzt bekannt hatte, gäbe es ja keinen Grund mehr, ihm zu grollen. Na ja, so ganz sicher war er darin selbst nicht, denn er hatte ja eine weitere Lüge gebraucht und vorgegeben, Advokat *und* Arzt zu sein. Er werde Magdalin zur rechten Zeit eine ehrliche und versöhnliche Erklärung geben müssen. In der schwülen Luft war alles blutsaugende Getier besonders stechlustig. Eine Bremse hatte sich unbemerkt auf Magdalins Schulter gesetzt. Als Simon sie bemerkte, wischte er sie sofort weg.

»Eine Bremse! Die Viecher sind so lästig.«

»Oh!«, rief sie erschrocken. »Danke!«

Die kurzen Stoppeln von robusten und verholzten Halmen auf der Wiese piksten die nackten Füße der jungen Frau. Martl blieb auf dem Bock sitzen und lenkte den Gaul. So war es in erster Linie doch an Simon, kräftig zuzupacken und das Heu in großen Bauschen auf den Wagen zu heben. Sie kamen gut voran. Bald hatte die graue Wolkendecke sie erreicht und Simbach überspannt. In der Ferne grollte bereits leiser Donner, und über ihnen tobten Abertausende Bienen, als sie unter dem großen Lindenbaum angekommen waren. Magdalin half beim Beladen, zog mit dem Rechen das Heu zusammen und warf die Holzmandl hinter Martl auf den Wagen. Die Arbeit war fast geschafft, als Magdalin plötzlich aufschrie und sich jammernd auf den Boden hockte. Simon erschrak und eilte ihr zu Hilfe. Sie hielt ihren Fuß und er sah, wie sich eine Biene davonmachte.

»Mich hat etwas gestochen! Au, au, au!«, jammerte sie.

»Eine Biene. Lass mal sehen!«

Simon kniete vor ihr nieder und nahm den kleinen Fuß in seine Hände. Er sah die gerötete Stelle zwischen ihren Zehen.

»Der Stachel hängt noch. Ich muss ihn herausziehen.«

Vorsichtig versuchte er, ihn mit den Fingernägeln zu packen, und es gelang ihm schnell. Dann erst wurde ihm die Nähe und Intimität mit seiner geliebten Magdalin bewusst. Er setzte den Fuß vorsichtig ab.

»Warte einen Moment! Ich kenne ein wirksames Heilkraut.«

Er sah sich nach den langen Blättern des Spitzwegerichs um und wurde um den Stamm der Linde, wo höhere Grasbüschel standen, fündig. Einige Blätter drehte er zu einer kleinen Kugel, nahm sie in den Mund und zerkaute sie. Diesen Brei strich er Magdalin auf die anschwellende Stelle.

»So ist es gut. Bleib jetzt aber noch sitzen, damit es einwirken kann, dann wird es schnell wieder. Die drei Heumandl schaffe ich auch alleine noch.«

Trotz Magdalins Schmerzen lächelte er glücklich. Sie nickte dankbar. Das restliche Heu war schnell auf dem Wagen. Noch immer hielten die Wolken dicht, aber ab und zu zuckten Blitze. Als Magdalin auf den Wagen kletterte, streckte Simon instinktiv die Hand nach ihr aus, um zu helfen, wich aber zurück und wagte nicht, sie weiter zu berühren. Ein lauter Donnerknall ließ sie aufschrecken. Jetzt galt es, keine Zeit mehr zu verlieren.

»Los Martl, es geht heimwärts!«

Simon ging neben dem Wagen her und ließ seinen Blick zufrieden über den gemähten Wiesengrund schweifen. Alle Hölzer waren aufgehoben, das Heu sauber aufgesammelt.

In einer Mulde sah er einen Feldhasen hocken. Simon wunderte sich, denn obwohl er vorher nicht weit von ihm gearbeitet haben musste, hatte er ihn nicht gesehen, und das Tier war nicht geflohen. Ob er ihn fangen könnte? Ein Hasenbraten wäre nicht zu verachten. Vermutlich würde er sich lächerlich machen. Er sagte nichts. Hob die Heugabel vom Wagen und ging ein paar Schritte rückwärts. Der Hase würde das vorbeifahrenden Fuhrwerk beobachten und er könnte sich von hinten anschleichen. Mit vorsichtigen Schritten näherte er sich. Als er ihn fast erreicht hatte, fielen erste schwere Regentropfen. Ein heller Blitz stieß in mehreren verzweigten Ästen über dem nahen Wald zu Boden und wieder krachte ein Donnerschlag. Der Hase duckte sich mit angelegten Ohren in die Mulde und war im selben Moment durch die Heugabel gefangen. Sein Rücken steckte zwischen den Holzzinken, doch er erwehrte sich gewaltig und wand sich gegen die Falle. Simon trat schnell mit dem Fuß auf sein Genick und packte zu. Er riss ihn an den Hinterläufen nach oben und brach ihm dabei die Halswirbel.

Vom Wagen rief Martl ein anerkennendes *Bravo*. Er war aufgestanden und sah sich winkend um. Das Gespann hielt er jedoch nicht mehr an, denn jetzt war keine Zeit zu verlieren. Pechschwarze Wolken überzogen den Himmel und aufkommende Windböen peitschten ihnen kleine Hagelkörner ins Gesicht. Simon holte die anderen hustend ein und sprang zu Magdalin aufs Heu. Glücklich erreichten sie rechtzeitig die trockene Tenne des Anwesens, bevor ein gewaltiger Sturzregen einsetzte.

Martl lachte, als er vom Wagen stieg und sich daran machte, das Pferd auszuspannen. Die beiden jungen Leute standen in der Einfahrt und staunten über das wilde Getöse des Unwetters. Magdalin streckte ihren gestochenen Fuß nach vorn, wo sich in vielen Strahlen das Regenwasser vom Dach ergoss.

Simon hatte über der Hasenjagd und dem einsetzenden Gewitter den Bienenstich ganz vergessen. Wie gern wäre er jetzt mit Magdalin allein gewesen, hätte noch einmal ihren zarten Fuß in seine Hände nehmen und untersuchen mögen. Die Sehnsucht zu diesem hübschen Mädchen wollte ihm das Herz zerbrechen. Wasser spritzte von ihrem Fuß in alle Richtungen und sie juchzte über diesen Spaß. Sie hörte Simon etwas sagen, konnte es aber wegen eines erneuten Donnerhalls nicht verstehen. Sie sah sich kurz um und lächelte ihn an, dann huschte sie trotz des Regens hinüber ins Haus.

Simon blieb enttäuscht zurück. Er stierte zu der hinteren Haustür, durch die Magdalin verschwunden war. Sein Herz war ihm schwer. Wieder fühlte er sich hilflos und einsam. Sie musste ihn doch auch lieben! Gerade wollte er ihr ein liebes Wort sagen, da war sie ihm entschlüpft. Wenigstens hatte sie ihm ein Lächeln geschenkt.

Simon stand in der Tenne und blickte in das Toben des Unwetters. Da fielen ihm die Worte des Vaters ein. Ein Mann müsse kämpfen, und müsse notfalls sein Leben einsetzen.

Mit einem Mal wusste er, dass er nicht länger davonlaufen würde. Gott hatte ihn hierher geführt! Hier galt es, den Kampf gegen das Fieber aufzunehmen und hier galt es, um das Herz eines lieben Menschen zu ringen. Er wusste nicht, was auf ihn zukommen würde, doch er wollte auf Gottes Beistand vertrauen.

Das Gewitter war vorübergezogen. Eine Zeitlang hatte es noch geregnet. Die Luft war danach angenehm kühl und rein. All der Schmutz und Gestank schien hinweggespült. Als die Sonnenstrahlen wieder durch die Wolkenlücken blinzelten, glänzten die Wasserpfützen. Die Straßen lagen in ungewohnter Stille. Simon saß im leeren Kirchenraum zu Füßen des Heiligen Bartholomäus. Es tat ihm gut, einen Ort zu haben, wo er alleine sein konnte, um nachzudenken. Die kleine Kammer im Gasthaus war ihm zu dunkel und beengte den Geist. Hier in der Kirche fühlte er sich freier. Er dachte über seine Aufgabe nach. Er saß in der Bank und schlug auf den Knien sein Buch auf. Er blätterte durch die beschriebenen Seiten, wo er sich inzwischen viele Notizen zu seinen Beobachtungen gemacht hatte. Leider hatte er nicht Feder und Tinte, denn er wollte einen Behandlungsweg beschreiben.

Sein Blick blieb an den Füßen des Märtyrers haften. Die Qual, die dieser zu erdulden hatte, entsprang einer Ursache. Bartholomäus litt für die Treue zu Jesus Christus. Seiner Seelenrettung war er so gewiss, dass er Folter und sogar den Tod billigend in Kauf genommen hatte. Hätte er dem neuen Glauben abgeschworen, und dies schien so einfach – es war nicht mehr, als eine kleine Entscheidung – so wäre sein Leben geschont worden. Doch der Heilige sah den wahren Sinn des Lebens nicht im Überleben, sondern er war sich gewiss, dass er durch seine Treue ein Kind Gottes geworden war.

In Gedanken versunken saß er im harten Kirchengestühl, als ihn das laute Öffnen der Tür aufschreckte. Es war der Vikar Johannes, der eine kleine Kiste hereintrug. Er nickte freundlich zum Gruße und verschwand damit in der Sakristei. Nach wenigen Minuten kam er zurück und setzte sich neben Simon.

»Ich sehe, Ihr seid ein Mann des rechten Glaubens, Simon Sandtner«, begann er das Gespräch mit leiser Stimme. »Es gibt in diesen schweren Zeiten nichts Besseres zu tun, als zu beten. Seht ihr das auch so?«

»Ihr wisst doch, dass ich glaube. Ich kam zu Euch, um das Heilmittel zu weihen. Weil ich weiß, dass ohne den Segen von oben unser Menschenwerk nutzlos ist, bin ich gekommen.«

»Verzeiht mein Lieber, ich habe Euch in der Tat auf die Probe stellen wollen. Aber warum seid Ihr hier? Warum habt Ihr nicht längst Reißaus genommen?«

»Das wusste ich bis vor kurzem tatsächlich nicht so genau, Herr Vikar. Ich bin Physikus. In diesen schlimmen Tagen spielt es keine Rolle, wo ich mich aufhalte, denn das Fieber holt mich überall ein. Ich glaube aber, dass mich Gott an den Ort geführt hat, wo er mich haben will. Hier möchte ich kämpfen – trotz meiner Furcht.«

»Wohl wahr. Es geht mir genauso. Ich stehe vor den Toten und gebe ihnen den Segen. Und dabei graut mir. Aber Angst und Tod kenne ich schon das ganze Leben. Ich frage mich nur manchmal, ob diese Menschen es wert sind, dass wir den Kopf hinhalten. Endlich sind die Söldnertrosse überstanden, was für eine Gnade, doch anstatt fröhlich das Haupt zum Herrn zu erheben, saufen und fluchen und hintergehen sie einander. Es schlägt kein dankbares Herz in diesen Tölpeln. Gott hat verheißen, keine Flut mehr zu schicken, um das sündige Volk auszurotten. Aber er schickt uns das Fieber. Es ist der Zorn Gottes.«

»Ich will trotzdem dagegen praktizieren.«

»Tut das, Simon Sandtner. Ich lasse mir auch einen faulen Zahn herausreißen«, nickte er wohlwollend. »Ihr werdet damit Erfolg haben, wo immer Gott es zulassen will.«

Der Vikar reichte ihm die Hand zum Abschied und verließ das Gotteshaus.

Auf dem Friedhof, der sich um die Kirche schlang, war der Nachtmensch Bartl gerade dabei, ein Grab auszuheben. Er stand bis zu den Hüften in der Grube, als Simon ins Freie trat, und schaufelte die Erde auf einen kleinen Haufen. Er mühte sich sehr, denn der Gewitterschauer hatte nur die oberste Schicht aufgeweicht. Der tiefere Boden war knochenhart.

»Schon wieder ein neues Grab?«, fragte der Physikus, der längst eine Gelegenheit ersehnte, um mit dem seltsamen Kauz ins Gespräch zu kommen.

Bruder Bartl hob die Hand vor die blendende Sonne und wischte sich den Schweiß von der Stirn.

»Wohl«, gab er knapp zur Antwort, als er sah, wer ihn angesprochen hatte.

»Ist es für den armen, kleinen Sohn des Marktschreibers, der in der Grotte aufgebahrt ist?«

»Nein, das hat der Nachtwächter schon ausgehoben. Diese Grube kennt ihren Leichnam noch nicht. Aber sie wird nicht lange darauf warten müssen.«

»Da hast du leider recht. Der Bader ist angewiesen, die Kranken zu versorgen. Ich werde ihm helfen. Ich bin Physikus, musst du wissen.«

»Was willst du hier?«

»Ich erwarte eine gute Medizin aus Salzburg. Vielleicht können wir damit etwas erreichen.«

»Nimm dich in acht, Physikus!«

»Ja, wir müssen vorsichtig sein. Ich will es zudem mit Rauchwerk versuchen.«

»Nein, ich rate dir: Nimm dich vor Sebald in acht!«

»Was? Was meinst du? Hat nicht Sebald dein Leben gerettet?«

»Das hat er. Geh weg, und lass mich in Ruhe!«

Simon ließ ihn in Ruhe. Er war ohnehin sprachlos. Was hatte das zu bedeuten? Er solle sich vor Sebald in acht nehmen? Sebald war ihm zum Freund geworden und ließ nichts erkennen, was Grund zur Sorge bereiten könnte.

An der geschmiedeten Friedhofstür blieb er stehen und schaute sich um. Der Mönch in der schmutzigen Kutte trieb den Spaten in den harten Boden und schaufelte Erde aus der Grube. Er nahm keine Notiz mehr von dem jungen Mann.

Am Morgen machte sich Simon schon früh auf den Weg zum Badhaus. Sie wollten zusammen ihren Dienst der Krankenversorgung angehen. Neben dem Brunnen auf dem Marktplatz brannte ein Reinigungsfeuer, aus dem dicke, weiße Rauchschwaden emporstiegen. Grüne Tannen- und Wacholderzweige waren der Grund dafür.

Die Männer beratschlagten in Sebalds Behandlungsraum die Methoden und Mittel, die sie anwenden wollten. Sie tranken dabei gewürzten Wein. In einen Beutel aus Sackleinen steckten sie alle möglichen Utensilien, darunter ein Tongefäß mit ihrer Kräutermedizin. Als Schutzkleidung legten sie sich graue Leinenüberhänge an und setzten Kappen auf, die die alte Baderin eilends genäht hatte.

Sie kamen in das Haus des Marktschreibers, dessen Frau und zwei Kinder krank darnieder lagen. Simon reichte einen Becher mit seinem Kräuterhonig durch das Fenster. Er zeichnete ein großes weißes Kalkkreuz an die Eingangstür, worauf die Leute das Haus nicht mehr verlassen durften. Aus Simons Beutel gaben sie einen Wecken Brot. Der Marktschreiber nahm die Speise dankbar und bettelte um weitere Hilfe. Simon war selbst mit dieser Versorgung nicht zufrieden. Er hatte keinen der Erkrankten gesehen. Er wusste nicht, wie sich die Symptome bei ihnen zeigten und so berieten die beiden, was zu tun sei. Sebald wollte nochmal an das Fenster klopfen, doch es öffnete sich, noch bevor er mit dem Fingerknöchel dagegen stieß. Er hinterfragte den Zustand der Patienten und entschied sich schließlich dafür, eines der Kinder näher anzusehen.

»Hier – ich sehe, dass du Glut im Kaminofen hast. Hol dir von der Glut in einem Topf und streu dies Büschel Rauchzeug darüber, damit die Stube gereinigt werde. Dann bring deine Tochter herbei und leg sie auf die Bank dort. Wir wollen sie untersuchen.«

Fahrig tat der Vater, wie ihm geheißen. Er zog den Tisch von der Eckbank und stellte den rauchenden Topf darauf. Dann hörten sie ihn eine Holzstiege hinaufeilen, und nach einem kurzen Moment trug er das weinende Kind in die Stube und legte es ab. Die beiden Männer traten ein, um das Mädchen näher zu untersuchen. Simon sah gleich, dass sie glühte. Er befühlte ihre Stirn und nickte dem Bader zu.

»Habt Ihr schon Wickel gemacht?«, fragte der Arzt.

Der Amtmann brach in Tränen aus. »Nein, ich habe noch nie so etwas gemacht!«, schluchzte er hilflos.

»Bring ein paar nasse Tücher, in Gottes Namen, das ist doch nicht schwer!«

Der Vater stürzte hinaus, um ein Stück Stoff zu holen. Inzwischen schöpfte Sebald mit einem Eimer Wasser vom Hausbrunnen. Simon zog dem Kind die Kleider aus und inspizierte kurz den Körper nach Merkmalen, doch es zeigte sich nichts Auffälliges. Er drückte den Stoff in den Wassereimer, dann wickelten sie gemeinsam das nackte Mädchen in das nasse Tuch und deckten es mit einer wollenen Decke zu.

Den Jungen gaben sie nach einer kurzen Untersuchung auf. Er war in eine Bewusstlosigkeit gefallen. An seinem Hals zeigte sich eine große Beule und viele dunkle Verfärbungen an verschiedenen Stellen.

»Wir können ihm nicht helfen. Falls er aufwacht, dann gib ihm von der Medizin, das ist das Einzige. Genauso deiner Frau. Kühle ihre Stirn mit einem nassen Lappen. Und helf dir Gott!«

Mit dem Gefühl, alles ihnen Mögliche getan zu haben, mehr als von einem Bader verlangt wurde, traten sie hinaus auf die Straße. Beide atmeten erleichtert die frische Luft. Es war ein Risiko, in die giftige Luft der Häuser zu treten. Sie wollten dies nicht jedes Mal tun.

»Wie denkst du über das Mädchen? Wird sie es schaffen?«, fragte Sebald.

»Wenn Gott es will. Es liegt nicht in unserer Hand. Aber ich bin guter Dinge. Ich glaube schon.«

Das armselige Häuschen des Schnitzers wollten sie nicht betreten. Dort würde bestimmt kein Feuer im Kamin brennen. Rohe Ziegenmilch war vermutlich die Speise dieser Leute.

Als sie sich dem Haus näherten, hörten sie ein Flötenspiel aus der Werkstatt klingen. Es war eine harmonische, langsame Melodie. Sie sahen sich beide fragend an, traten dann aber näher. Wie konnte das möglich sein, dass in Stunden der größten Lebensgefahr Musik geblasen wurde. Simon spähte durch das Fenster und erkannte durch die trübe Scheibe das kunstvolle Schnitzwerk – den Altar für den heiligen Sebastian. Er klopfte an den alten verwitterten Türrahmen. Die Musik verstummte und gleich darauf streckte der Sohn den Kopf heraus.

»Gott zum Gruße, Korbinian! Ihr spielt diese Musik?«, fragte Simon erstaunt.

»Ich spiele die Flöte, weil mein Vater es sich wünscht. Sein Zustand hat sich schon ein wenig gebessert. Er trinkt den Tee und Wein. Ich hoffe so sehr, dass er gesund wird.«

Korbinian bemerkte die bewundernden Blicke der jungen Männer, die auf das Werkstück in der Mitte des Raumes gerichtet waren, und fügte hinzu: »Ja, Ihr seht selbst, es ist keine Zeit zum Sterben. Vater muss den Altar für die Kapelle fertigstellen, und danach einen für St. Antoni, und wer weiß, was noch gebraucht wird.«

Schnell trat der junge Handwerker zur Seite und bat die Herren hinein.

»Wir wollten Euch nur das Heilmittel übergeben.«

»Bitte seht nach ihm!«

Sebald zögerte, doch dann nickten sie sich zu, banden sich wieder Tücher vor Mund und Nase, und traten in die Werkstatt. Der Schnitzer lag mit heißer Stirn auf seinem Strohsack und stöhnte. Sie zogen ihn ein wenig hoch, damit er sich, an die Bretterwand lehnend, aufrecht setzen konnte. Sebald flößte ihm die Medizin ein. Der Junge schöpfte aus einem großen Topf Kräutersud, den er am Morgen gekocht hatte.

»Vielleicht hast du noch ein wenig Glut im Kamin. Dann hole davon und räuchere das Haus. Ich gebe dir von wirksamen Rauchkräutern.«

Simon fühlte den schnellen Puls des Schnitzers. Die Augen schienen feurig und groß, und die Zunge schwarz verfärbt. Am Hals zeigte sich eine rötliche erhabene Stelle, eine Schwellung, die Sebald mit einem Breiumschlag zu kurieren riet. Der Bader rührte ein Pulver aus Pappelrinde und Bärenklau mit Ziegenmilch an, und machte damit einen Halswickel. Falls sich weitere Beulen am Körper zeigen würden, sollten diese ebenso behandelt werden. Trotz der vielen bedrohlichen Symptome machte der Mann einen robusten Eindruck. Er lächelte dankbar.

»Wir wollen bei Euch eine schweißtreibende Kur versuchen. Ihr scheint mir ein rechter Kämpe, deshalb habe ich Zuversicht, dass Ihr gesunden mögt«, ermutigte Simon.

»Ich danke Euch so sehr.«

Weitere Ratschläge wurden gegeben. Warme Ziegelsteine sollten dem zeitweise fröstelnden Patienten auf die Brust gelegt werden. Der Bader tropfte von einem bitteren Elixier in den Kräutersud, und reichte einige Stückchen Zitwerwurzel, worauf der Alte kauen sollte.

Als die Behandlung endlich abgeschlossen war, entdeckte Simon die Flöten, die der junge Schnitzer zu spielen vermochte. Interessiert musterte er die Instrumente auf dem Tischchen. Sie waren in Form und Größe verschieden.

»Zuhause in Salzburg spielte ich eine Schalmei. Kennt ihr dies Instrument?«, fragte Simon.

»Freilich, ich habe eine hergestellt, aus Birnbaumholz, schaut!«

Der junge Holzhandwerker öffnete einen Kasten, in dem Werkzeuge und Hölzer aufbewahrt wurden. Das fein ausgeführte Instrument war fast zwei Ellen lang. Stolz erklärte er die kunstvolle Herstellung des Mundstückes. Ein Doppelrohrblatt, das mit rotem Bindegarn fest gewickelt war. Dies kleine Teil hatte ihn allergrößte Mühe gekostet. Mehrere Male hatte er von Neuem angefangen, bis es dem Anspruch des Wanderhandwerkers genügte, der während des letzten Kriegsjahres im Ort weilte und ihm den Flötenbau beigebracht hatte. In die Oberseite waren sieben Grifflöcher, unten ein Daumenloch gebohrt. Den Übergang zum Schalltrichter zierte eine feine, geschwungene Blumenranke. Mehr Zier war nicht zu sehen und auch nicht angebracht. Das Birnbaumholz hatte eine gleichmäßige, warmbraune Oberfläche, kaum Struktur.

»Möchtet Ihr darauf spielen, Herr Physikus?«

»Ich hätte fürwahr Lust dazu, sie auszuprobieren.«

»Bitte spielt sie!«

Simon zog sich das Mundtuch vom Gesicht, nahm die Schalmei, prüfte den Festsitz des Rohrblattes und blies einige Töne. Er setzte ab und blickte sich lachend nach seinem Begleiter um. Sie hatte einen überraschend zarten Klang. Dann blies er eine langsame Weise darauf.

»Sie klingt wunderbar!«

»Bravo, mein Freund!«, würdigte der Bader.

»Der Flötenmacher war ein Meister seines Fachs. Er hat dieses Stück besonders gelobt«, beteuerte der junge Schnitzer eifrig.

Mit einem breiten Lächeln reichte Simon die Schalmei zurück.

»Nein«, wehrte der junge Mann, »sie gehört jetzt Euch. Ich will Euch damit danken, dass Ihr meinen Vater therapiert habt. Nehmt sie und spielt darauf.«

»Ich will diese Schalmei tatsächlich haben, sie klingt viel schöner, als alle, die ich je gehört habe. Aber, beleidigt mich nicht, ich will dafür bezahlen. Nennt mir einen Preis!«

Sie einigten sich auf einen Betrag, der dem Schnitzer ein angemessener Lohn war und dem Physikus ein günstiger Handel erschien. Das kostbare Mundstück wurde in ein Leinentuch gewickelt, dann steckte Simon die Teile in seinen Beutel.

Als an diesem Abend die Totenglocke läutete, nahm er die Schalmei zur Hand und blies eine traurige Melodie dazu. Ohne Mühe, und ohne Denken, schlossen und öffneten sich die Grifflöcher auf dem Holz, und das Lied schwebte durch das offene Fenster hinaus in den tiefblauen Abendhimmel.

Ein neues Lied wir heben an,
das walt Gott unser Herre,
zu singen, was Gott hat getan
zu seinem Lob und Ehre
…

Simon wunderte sich, mit welcher Leichtigkeit sich die richtigen Töne aneinanderreihten, und er staunte über den weichen Klang des Instruments. Das alte Lied, das ihm sein Musiklehrer beigebracht hatte, spielte er, bis es damals verboten wurde. Es war ein protestantisches Lied, doch Simon dachte sich nichts dabei. Die Bauern und Handwerker hier würden sicher die lutherische Musik von katholischer nicht zu unterscheiden wissen, sodass niemand daran Anstoß nehmen würde.

Er saß auf seinem Bett und spielte mehrere Stücke, an die er sich erinnern konnte. Was für ein schöner Zeitvertreib!

An den folgenden drei Tagen starben die Frau, die Kinder und zuletzt der Marktschreiber selbst, eine Tochter des Metzgers, der untere Bäcker und seine Frau, die Frau des oberen Bräus und ihre 17-jährige Tochter, nicht aber der alte Schnitzer. Auch ein Holzknecht und der alte Seiler waren nach bangen Tagen auf dem Weg der Besserung. Simon und Sebald, die forthin ‚die beiden Bader' gerufen wurden, hatten die Bäckersleute gleich dem Schnitzer behandelt und auf denselben Genesungsverlauf gehofft. Schnell aber waren die gefürchteten Beulen gewachsen, die sie mit einem Skalpell aufgeschnitten hatten, sobald sie sich eingedellt hatten und weich geworden waren. Das Leben der Bäckersleute aber hatten sie nicht retten können.

Der Marktrat versammelte sich wieder, um neue Maßnahmen zu entscheiden. Die beiden Bader waren geladen, um zu berichten und zu raten. Simon zählte die Sterbefälle auf, schilderte ihre Behandlung und vermeintlichen Erfolge. Er forderte Schutzhandlungen, die in jedem Haus vorzunehmen seien. So solle zur Morgen- und Abendstunde eine Reinigung der Luft mit Rauchwerk oder Essig erfolgen. Der Bürgerknecht solle geschickt werden, um diese Anweisung jedem Haushalt zu übermitteln, derweil ihn deshalb am Schlagbaum der Nachtwächter abzulösen hätte. Der Nachtwächter, der eingeteilt war Gruben auszuheben, musste wiederum ersetzt werden. Der Beschluss fiel auf den kräftigen Weißgerber, der unten am Simbach, ein klein wenig außerhalb der Ortschaft, hauste.

Der Kämmerer schilderte darauf seine Sorge um den moralischen Verfall der Gemeinde. Er beobachte eine zunehmende Selbstsucht, gegenseitige Anschuldigungen und Misstrauen. Mit erregter Stimme erinnerte er an die Worte des Vikars, der die falsche Herzenshaltung als Grund für die Heimsuchung anprangerte. Doch es hätte sich nichts zum Guten gekehrt, im Gegenteil.

»Wie ihr gerade gehört habt, ist der Marktschreiber mitsamt seiner ganzen Familie gestorben. Der Herrgott sei ihren armen Seelen gnädig. Doch damit nicht genug! Es hat sich gezeigt, dass in dem Haus der Selbigen, Wertsachen und Inventar geraubt wurden. Die Schwägerin hat es mir heute Vormittag geklagt. Pfui Teufel! Was sind das für Aaskrähen unter uns?«

Es folgte ein erstauntes Raunen. Die Räte sahen sich kopfschüttelnd und betreten an. Was konnten sie nur tun?

»Es klingt mir noch immer wie Donnerhall in den Ohren: Wenn ihr nicht opfern wollt unter freudigen Schmerzen, dann sollt ihr sterben in Schmerzen!«, zitierte er die Worte des Vikars. »Seht doch hin, wie es um uns steht! Wir werden zusätzliche Wachmänner brauchen, die für Ordnung sorgen. Vielleicht ist es sogar ratsam, den nächtlichen Ausgang ganz zu verbieten. Welch guter Kerl muss sich in dieser Zeit nachts herumtreiben? Es gibt keinen Grund!«

»Na ja«, wandte Ott ein, und streckte drohend die Brust heraus, um sich noch mehr Größe zu verleihen. »Das kann ich nicht gutheißen. Dann kann ich meine Gaststube gleich zusperren. Wir Wirte sind schon gebeutelt genug, seit die Schlagbäum unten bleiben. Ich spreche nicht nur für mich, sondern für alle Bräufamilien und für die fleißigen Leut, die sich nach der schweren Arbeit bei uns auf ein Seidl Bier zusammensetzen wollen. Der Tanzboden ist abgesagt, das Badhaus ist zu und jetzt willst du den Leuten noch die Wirtsstube zusperren? Einen Unfrieden wirds geben, wenn kein Bier mehr ausgeschenkt wird, wie du es noch nicht erlebt hast. Das soll dir auch in den Ohren schallen, mein Lieber!«

»Ihr müsst doch nicht ganz zusperren! Ich mein halt nach dem Nachtläuten soll Schluss sein.«

»Ganz oder gar nicht! Wer geht denn bei uns tagsüber zum Wirt? So ein Sauschmarrn! Wenn du da drauf bestehst, dann hast die ganze Gemeinde gegen dich! Ausgschmatzt is!«

Der Kämmerer sah ein, dass dieser Vorschlag nichts taugte und er einen empfindlichen Nerv getroffen hatte. Die abendlichen Gesellschaften in den Wirtshäusern, das war schnell ausgemacht, dürften nicht beschnitten werden. Sie einigten sich darauf, dass der Nachtwächter vor den vom Fieber betroffenen Häusern verstärkt Patrouille gehen solle.

Plötzlich klopfte es an der Tür. Die Diskussionen verstummten und der Kämmerer deutete dem Metzger zu öffnen, da der am nächsten saß.

Die Frau des Kämmerers führte einen fremden Mann hinein, den die Räte argwöhnisch musterten. Seine Gesichtsfarbe war dunkel, und er trug einen buschigen, pechschwarzen Bart. Er nannte einen ungarischen Namen und den Grund für sein Eindringen. Ein Bote aus Salzburg sei er, der dem Herrn Physikus Sandtner eilends einen Brief und ein Arzneipaket zu übergeben hätte. Simon sprang sogleich auf und begrüßte den Mann. Gott sei Dank war die erhoffte Hilfe eingetroffen. Er nahm den Brief entgegen und öffnete ihn sofort. Oberflächlich überflog er den Text, um die Versammlung nicht zu stören. Vater und Mutter ging es gut, was für ein Glück! Das Paket würde die hoffnungsvolle Arznei Theriak und andere Mittel enthalten.

Voller Übermut beschwor Simon daraufhin die Wende. Mit seinen starken Mitteln solle sich eine heilvolle Eindämmung des Fiebers einstellen. Bisher habe man zwar mit dem wenig Wirksamen versucht zu lindern, aber erst jetzt sei das Gegengift eingetroffen.

»Es ist ein Bezoarisches Elixier, dass mein Herr Vater in Salzburg entwickelt hat. Dort gibt es Genesungen und das Fieber ist am Abklingen. Ich will gleich beginnen, mein Theriaken auszuprobieren«, sprach er vor der Versammlung. Und an seinen Baderfreund gewandt: »Was meinst du, Sebald?«

Sebald antwortete nicht darauf. Die Rede des Physikus hatte ihm nicht gefallen.

Simon war aufgewühlt. Nach dem Abendbrot in der Gaststube, wo ihm Ott gerne Gesellschaft geleistet hatte, zog er sich rasch mit einem Krug Bier in seine Kammer zurück. In Gedanken plante er den nächsten Tag. Zusammen mit Sebald würden sie den Schnitzer besuchen und den anderen Elenden Brot und Arznei bringen.

Er setzte sich an den kleinen Tisch und las noch einmal in aller Ruhe den Brief des Vaters.

Mein lieber Simon,
ich habe deinen Brief bekommen und bin sehr froh, dass du gesund bist. Gott sei gelobt dafür. Die Mutter und ich sind vollends wohlauf. In diesen Zeiten wollen wir nichts anderes erwünschen als die Bewahrung des Leibes. Ich will nur weiter darauf hoffen, dass wir für dahin rein und frisch bleiben. Die Sorge darum kann einen um den Verstand bringen, deshalb ist es das Beste, nichts anderes zu leben, als den Augenblick. Und darauf fest vertrauen, dass wir durch die Gnade des Herrn weiterhin gesegnet bleiben.

Deinem Brief habe ich entnommen, dass du nicht bis Regensburg gereist, sondern dich in einem Dorf einquartiert hast. Der Ort Simbach ist mir völlig unbekannt – nie habe ich davon gehört. Ich kann nicht verstehen, warum du lieber bei den Bauern praktizierest und nicht nach Salzburg zurückkommst. Hier könntest du als angesehener Physikus mit allen bekannten Mitteln gegen das Fieber forschen.

Ich sehe uns in der Stadt auf einem Weg der Besserung und bin überzeugt, ein wesentlich Hülf für den medizinischen Fortschritt geleistet zu haben.

Die Arzenei, die ich dir übersende, ist in ihrer Wirkung nochmal korrigiert – das Rezept habe ich zu deinem Gebrauch beigelegt. Es hat sich zudem herausgestellt, dass zusätzliche Gabe von gemeinen, aber nützlichen Substanzen sehr förderlich sein kann. Es sind dies die gewöhnliche Zwiebel und der Knoblauch in unverkochter Form, viel Camillenblütentee und Schafgarbenkraut, was du allesamt auf dem Dorf vorfinden wirst.

In Gottes Namen wünsche ich dir Erfolg und gute Gesundheit, und erhoffe baldige Kunde von dir.

Dein treuer Vater

Gleich am nächsten Morgen sollte der Nachtwächter seinen Dienst an den Weißgerber weitergeben, und dann bis nach Sonnenuntergang am unteren Ortseingang den Wachposten besetzen. Nach der Schufterei im Friedhof freute er sich auf diese Verschnaufpause. Die vergangenen Tage hatten ihm mächtig zugesetzt, denn er war die schwere Arbeit, das Aufbrechen des steinharten Bodens, nicht gewöhnt.

An der Kornmühle vorbei, ging er den mit Unkraut verwachsenen Weg am Bach entlang ostwärts. Er wusste, dass sich hier der Bruder Bartl oft zum Angeln versteckte. Vorsichtig schlich er den kaum zu erkennenden, abzweigenden Pfad durch das wilde Buschwerk zur großen Weide. Auf einer mit Flusssteinen eingefassten Feuerstelle glimmten die Reste eines kleinen Feuers, doch der Platz war leer. Nach ungefähr zweihundert Metern erreichte er das armselige Anwesen der Gerber. Den kotigen Hof, auf dem das Kleinvieh längst alles Grün ausgerupft hatte, umringte ein verwitterter Weidenzaun. Zwischen hölzernen Rahmen waren Tierhäute gespannt und zum Trocknen aufgestellt. Es stank nach Urin und Verwesung, und diese üble Begleiterscheinung war wohl der Hauptgrund, warum die Gerber in den Ortschaften nicht geduldet wurden. Sie gehörten zu einer verachteten Zunft. Sie führten ein abgeschiedenes Leben, auch wenn ihr Erzeugnis, das Leder, für Sattler und Schuster sehr wertvoll war.

Niemand war zu sehen, niemand zu hören, nur das leise Gegacker von ein paar Hühnern, und dazwischen meckerte eine Ziege. Aus dem Kamin stieg kein Rauch empor und die Haustür stand offen. Ein Schauer lief dem Nachtwächter, als er die Hütte betrat, denn zu dem stechenden Gerbergestank mischte sich der Geruch des tödlichen Fiebers. Die Herdstelle lag kalt, hier war an diesem Morgen keine Suppe gekocht worden, das sah der alte Mann sofort. In der Ecke führte eine ungesicherte schmale Holztreppe auf den Dachboden, wo die Schlafkammer der Familie lag. Plötzlich hörte er von dort oben ein kindliches Wimmern.

»Gerberleut!«, rief er in das Dunkel. »Hehda!«

Es antwortete niemand. Ihm war ein wenig unheimlich zumute, deshalb zögerte er. In seinem Dienst als Nachtwächter hatte er Hinterhalte und Überfälle erlebt und war einmal schwer misshandelt worden. Er sah sich um und entdeckte neben der Feuerstelle ein kleines Beil, mit dem Scheite für Anfeuerholz gespalten wurden. Das nahm er an sich, bevor er vorsichtig die Stiegen hinaufschlich. Auf dem Boden war es noch dunkler und er horchte in die Stille hinein. Dann hörte er es wieder. Ein schmerzliches Jammern. Wie angewurzelt stand er vor dem Raum, dessen Tür einen kleinen Spalt offenstand. Darinnen war es ein wenig heller. Was würde ihn erwarten? Arme kranke Leute, was sonst, so kam er zur Überzeugung. Vielleicht hatten auch sie schon ein Menschenleben zu beklagen. Er müsse nachsehen, wie es um sie stand und ihnen die Baderleute schicken. Er klopfte an das grob gezimmerte Türblatt, und da keine Reaktion kam, öffnete er.

Sofort stieß ihm ein noch schrecklicherer Gestank entgegen, dass es ihm die Gedärme umdrehte. Er musste sich übergeben. Er zog ein Tuch aus der Hosentasche und hielt es sich vor die Nase. Was er vorfand, übertraf seine schrecklichsten Erwartungen. In dem Ehebett lagen der Gerber und dessen Frau tot mit schwarzen Flecken an Gesicht und Händen. Ein Junge tot daneben und ein ungefähr einjähriges Mädchen, das wimmernd an der Brust der toten Mutter keine Milch mehr fand. Der Nachtwächter stürzte wieder hinaus und erbrach sich vor der Tür. Es war grauenhaft. Das arme Kind! Wohin nur sollte er es bringen? Er könnte es in einem Sack nach Simbach hinauftragen, doch niemand würde es ihm abnehmen. Nicht die Bader und nicht der Kämmerer und ebensowenig die Kirche. Sicher trug es auch bereits den Tod in der Brust. Er streckte seinen Kopf durch die Tür. Das Kind blickte mit großen Augen in sein bärtiges Gesicht und begann ängstlich zu weinen, gar panisch zu schreien. Das Kind dauerte ihn. Wie lange würde es in diesem giftigen Loch noch überleben müssen, bis seine Seele in den Himmel aufsteigen dürfe. Das unschuldige Kind. Es lag an ihm allein, diesem Wurm zu helfen. Entschlossen trat er auf das Bett zu, holte aus und ließ das Beil auf den kleinen Schädel des Mädchens niedersausen.

Der Nachtwächter eilte die Holzstufen hinab, doch er stolperte und stürzte auf den Erdboden. Aufgeschreckt flatterte eine Henne durch die Stube und flüchtete gackernd ins Freie. Der Mann hinkte hinterher und zurück auf den verwachsenen Weg. Auf dem Platz unter der Weide hielt er schnaufend an. Er riss sich den Mantel vom Leib und kniete am Bach nieder, um sich zu waschen. Wie besessen, rieb er sich die Hände und schöpfte sich ins Gesicht. Weinend beugte er sich tief, bis die Stirn auf der Erde lag. Es war nicht das erste Leben, das er sich aufs Gewissen lud, aber das unschuldigste. Trotzdem hatte er richtig gehandelt. Doch was sollte jetzt nur werden. Er könnte unmöglich zurück und die Totengräber schicken. Sie würden den Mord erkennen und ihn anklagen. Er konnte es nicht stillschweigend verheimlichen, denn der Gerber war gerufen, um Gräber auszuheben. Das Kind verscharren? Ja, das wäre eine Idee. Verstohlen schlich er sich wieder hinaus auf den Weg und lief zum Gerberhaus zurück. In dem kleinen Schuppen suchte er nach einer Schaufel. Als er jedoch das trockene Heu dort vorfand, verwarf er seinen Plan und trug einen großen Bauschen davon hinüber ins Haus. Zusammen mit dem Anfeuerholz und etlichen Scheiten drapierte er alles unter der Treppe zum Dachboden. Er fand Feuerstein und Zunder, und steckte es in Brand.

In der Gaststube ging es hoch her. Die Männer waren in bester Laune, denn sie feierten Otts Durchsetzungsvermögen gegen die Absichten des Kämmerers, der sie auf das Trockene setzen wollte. An jedem Tisch wurde geschimpft und gelästert. Und dann waren da noch die neuesten Ereignisse zu erfahren. Die Todesfälle, den Brand bei den Gerbern, die Wundermedizin des neuen Baders und vieles mehr.

Simon saß an der Seite des Bierbräus an einem der Tische, wo sich zwei Markträte ein Pfeifchen anzündeten. Er hatte bemerkt, dass Magdalin dem Durst der Gäste alleine nicht mehr hinterherkam, und kehrte den Männern deshalb den Rücken.

»Darf ich dir helfen? Ich kann das Ausschenken übernehmen.«

Magdalin war verunsichert. Sie schaute sich nach ihrem Vater um, doch der machte noch immer keine Anstalten, sich an der Arbeit zu beteiligen. Er genoss den Zuspruch seiner Gäste. Magdalin lächelte verlegen.

»Ja, gern, du siehst ja, wie es zugeht und der Vater ist wohl heute nicht zu gebrauchen! Wenn du magst, dann schenk gleich noch drei Seidel ein. Ich trag aus!«

An der Schenke fühlte sich Simon besser aufgehoben, als neben dem prahlenden Ott, der sich aufmandelte, als wäre er selbst schon der Kämmerer von Simbach.

Langsam ließ Simon das schäumende Bier in die Krüge rinnen und zapfte auch gleich gegen den eigenen Durst in einen weiteren Krug.

»Sag mal, was ist das für eine schöne Musik, die du in deiner Kammer spielst?«, fragte Magdalin, als sie wieder zurückkam.

»Es ist eine Schalmei, ich habe sie vom Sohn des Schnitzers. Ein bewundernswertes Instrument.«

»Aber wieso kannst du darauf so wunderschöne Melodien spielen?«

»Ich habe es zuhause gelernt, und ich spielte jahrelang zusammen mit meinem Freund Rupert. Ja, der Rupert! Was wohl aus ihm werden wird? Er hat gerade sein Studium beendet und bekommt schon eine Kaplanstelle am Salzburger Dom.«

»Die Musik ist wunderbar. Oh, der Vater ruft. Ich muss das Bier an den Tisch bringen. Schenk gleich nochmal zwei Seidel ein!«

»Jawohl, meine Liebe – wie du wünscht!«, kommentierte Simon keck. Er nahm einen kräftigen Schluck aus seinem Humpen und wischte sich den Schaum vom Schnauzer.

In ihrer Nähe! Es ist einfach schön in ihrer Nähe! Könnte ich sie doch entführen! Könnte ich sie nur mitnehmen – in meine Welt. Sie ist so … Ich weiß es nicht. Sollte ich denn Bierbräu und Wirt werden? Aber ich kann ja nicht einmal die Gerstensäcke auf den Dörrboden tragen, ohne dass ich mir die Lunge aus der Brust husten muss. Leichter wär es, wenn Ott nicht mehr … Ach, so etwas darf ich nicht einmal denken! Ich wünsche ihm nichts Schlechtes, doch es wäre halt alles anders, wenn sie ungebunden …

»Aach!«

Simon hatte nicht auf den Zapfhahn, sondern nach Magdalin geschaut, und der Krug lief über. Das Bier ergoss sich auf den Steinboden und spritzte in alle Richtungen. Schnell trank er den Inhalt auf das rechte Maß zurück und stellte das Bier auf die Anrichte. Er blieb in der Gaststube und übernahm den Ausschank bis sich Ott bewegte, seiner Aufgabe als Wirt selbst wieder nachzukommen. Dann verabschiedete er sich, verlor sich für einen zärtlichen Blick in Magdalins Augen, dann ging er hinaus auf den Marktplatz.

Es wollte eine warme Nacht werden. Am verblassenden Abendhimmel blinkten die ersten Sterne. Zwei Burschen kamen die Marktstraße herunter – wohl auf dem Weg zur Bräustube, und Simon streckte Brust und Kinn. Er grüßte freundlich und spazierte rechterhand die Straße bergwärts. Das Badhaus lag ungewohnt still und dunkel. Am Türrahmen lud diesmal kein grüner Birkenkranz Gäste in die warmen Gewölbe. Das von der Straße etwas zurückgesetzte Haus schien ihm in demütiger Fügung zu ruhen. Einzig durch das Fenster von Sebalds Behandlungsraum drang auf der abgewandten Seite der matte Schein einer Öllampe.

Dann stand er vor der neuen Kapelle des Heiligen. Von außen betrachtet, schien sie fertig. Vor der Tür war ein hölzernes Podest angebracht worden, und der schmale Pfad von der Straße war inzwischen mit Flusssteinen ausgelegt. Er betrachtete das kleine Kirchlein ohne besondere Zuversicht. Das Ansinnen des Vikars schien ihm zwar edel, doch konnte er an der beabsichtigten Wirkung nur zweifeln. Gott würde sich durch diese Hütte nicht kaufen lassen.

‚*Der Wind weht, wo er will!* heißt es in einem Vers', so ging es ihm durch den Kopf. Ein Glühwürmchen wirbelte zwischen den Stauden und versetzte ihn ins Staunen. Er folgte dem winzigen Lichtpunkt, bis es plötzlich in der Dunkelheit erlosch.

Zurück beim Bräu warf er einen Blick in den Stall. Er konnte nur die Umrisse seines Pferdes erkennen, und das Glänzen der großen schwarzen Augen, als es seinen Kopf zu ihm neigte. Als es seinen Herrn erkannte, schenkte es ihm ein zufriedenes Schnauben.

»Ist gut, mein Alter!«

Dann hörte er das Stroh rascheln, wo der Schwarze den Huf aufsetzte, und er wähnte Mäuse und Ratten, die durch die Dunkelheit huschten.

Als Simon von der hinteren Haustür in die Diele des Gasthauses trat, kam Magdalin gerade mit einer Flasche Wein die Kellertreppe hoch.

»Oh, es gibt Wein. Ist wohl der Herr Vikar zu Gast, um nach seinen Schäfchen zu sehen?«

Sie lächelte.

»Du bist schlau! Ja, so ist es. Er schwätzt mit meinem Vater und hält ihn schon wieder von der Arbeit ab.«

»Ich denke, dass ich mir eine Flasche Wein mit hinaufnehmen will, auf die Kammer.«

»Ja gern, aber lass mich nur schnell den Pfarrer bedienen, dann bring ichs dir hinauf. Es ist eh nimmer so viel los, da drinnen.«

Als es an der Tür klopfte, stand Simon mit seiner Schalmei am offenen Fenster und begrüßte den über die Dächer steigenden Mond. Magdalin brachte Wein und einen Becher und freute sich über die musikalische Begrüßung. Sie stellte den Wein ab, dann stand sie mit gesenktem Blick vor ihm.

»Was ist mit dir, möchtest du mir etwas sagen?«

Sie kaute auf ihren Lippen und suchte offensichtlich nach den richtigen Worten. Im Schein der Lampe gewahrte er ihre erhitzten roten Bäckchen.

»Dir gefällt das Schalmeienspiel, nicht wahr?«

»Ja, es gefällt mir sehr, aber es ist viel mehr, das mir am Herzen liegt.«

»Ach ja?«

»Es …, es tut mir leid, dass ich so böse mit dir geschimpft habe! Es hat mir so weh getan. Verzeih es mir bitte!«

Simon legte das Instrument zur Seite und betrachtete die junge Frau, die noch immer den Kopf gesenkt hielt. Vorsichtig fasste er sie an den Oberarmen und drückte sie zärtlich.

»Lass es uns vergessen! Die Zeit ist zu kostbar, um sie mit Streit zu vergeuden. Böse Worte vergiften die Herzen und reizen zu unüberlegter Sprache. Aber glaube mir: Wenn ich dich nicht so sehr lieben würde, dann wär ich längst auf und davon.«

Magdalin sah zu ihm auf und er blickte in ihre dunklen Augen. Ein paar winzige Schweißperlen standen auf ihrer Nase.

»Was sind wir dumm, uns der Zukunft zu grämen. Ich habe mich entschlossen, mit Sebald gegen das Fieber zu kämpfen, das ist gewiss. Und erst wenn wir das zu Ende gebracht haben, will ich den nächsten

Schritt gehen. Doch dies sei dir versichert: Ob ich lebe oder sterbe, ich werde dich dabei im Herzen tragen!«

Simon konnte nicht umhin, seine Hand an die heiße Wange der jungen Frau zu legen. Sie schloss die Augen und neigte den Kopf gegen die liebevolle Berührung. Was sollte sie diesen Worten antworten? Sie wusste es nicht. Sie wusste aber, dass auch sie nicht weiter zweifeln, sondern lieben wollte.

Am nächsten Morgen stand Sebald zerzaust, kaum bekleidet und barfuß auf den warmen, dunklen Holzbohlen vor seinem Regal. Er wählte verschiedene Töpfe und Gläser aus und stellte sie auf die Anrichte. Ringelblume, Schafgarbe, Salbei und Camille sollten die Hauptingredienzien für die Teemischung sein. Er wog sie in einem bestimmten Verhältnis und schüttete sie in den Topf. Obendrein nahm er aus einer aufwändig verzierten Dose eine getrocknete Wurzel und zerschnitt sie in kleine Brocken. Dann zerrieb er die Stücke im Mörser und mischte sie sorgfältig unter. Um die Wirkung einzelner Kräuter besser beurteilen zu können, wollte er nicht zu viele verschiedenartige davon mischen. Mit der Dreingabe der giftigen Eisenhutwurzel war er stets behutsam umgegangen, doch sie könnte hier eine förderliche Heilwirkung zeigen.

Simon bemerkte den Essiggeruch, als er den Raum betrat.

»Oh, wie siehst du denn aus?«, fragte er irritiert. »Hast du schlecht geschlafen?«

Sebald brummte nur und schüttelte den Kopf.

»Jesus, Maria … Bist du krank? Du hast doch nicht etwa auch das …«

»Nein, nein!«, wehrte der Bader. »So seh ich halt aus, wenn ich einmal selbst tiefer in den Bierkrug schaue.«

»Ach so. Du bist wohl später gekommen, denn ich habe dich nicht gesehen, als ich in der Gaststube war.«

»Das kann man so sagen. Ich musste ja zuerst noch unserer Magd den Beutlmarsch blasen, verstehst du? Außerdem war ich nicht beim Ott, sondern unten, im Ochsen.«

Simon bemerkte die roten Augen des Freundes, wollte aber nicht näher auf die Einzelheiten der Ursache eingehen. Er interessierte sich viel mehr für die Krautmischung. Sogleich fragte er nach der Zusammensetzung des Heiltees und nickte zustimmend.

»Gut gemacht – die Mengen passen! Aber misch es gut durch!«

»Hilf mir beim Abfüllen! Da. Halte den Trichter über die kleinen Säckchen, dann füll ich ein!«

Mit einem großen Löffel schöpfte Sebald das Kraut in den Trichter. Schnell war ein Teil der Leinenbeutel gefüllt.

»Sehr gut, schau, es sind sieben Säckchen geworden!«, bemerkte Simon.

»Sieben, ja – ach so, du siehst darin wieder ein gutes Omen, nicht wahr?«

»Genau sieben sind voll! Das ist doch sehr gut, oder?«

Der Bader lächelte zustimmend. Er hob die Kräuterbehältnisse zurück an ihre Plätze und nannte Simon nebenher die Namen der Familien, die sie an diesem Vormittag zu versorgen hatten. Es waren fünf an der Zahl, darunter das Anwesen des Kämmerers, wo in einem kleinen Nebenhäusl eine Magd im Fieber lag.

Von draußen drangen leise Stimmen zu ihnen und Simon sah durch das Fenster hinaus auf die Straße. Es war nur ein Bauernfuhrwerk, dass den Marktplatz hinab zockelte. Er bemerkte eine kleine Schale, die auf dem Fensterbrett stand. Das war die Essigschale zur Reinigung der Luft. Daher der Essiggeruch, und ihm fiel ein, dass in Otts Gaststube dieser Anordnung bislang nicht nachgekommen wurde. Es wurde dort zwar jeden Abend geraucht, doch konnte Essig, zusätzlich zu den Tabakspfeifen, nicht schaden. Er würde Magdalin eindringlich dazu raten.

Plötzlich bemerkte er jedoch etwas Ungewöhnliches in dieser Schale. Es lag Schmuck darin – einige Münzen, eine goldene Halskette und eine Brosche. Simon stutzte. Es war empfohlen, Wertsachen aus dem Besitz von Erkrankten auf diese Art zu reinigen, aber Sebalds Familie war doch bisher nicht betroffen. Wo kamen diese Wertsachen her? Auf einmal fiel ihm die Klage des Kämmerers wieder ein. Sollten dies die Wertsachen sein, die im Haus des Marktschreibers gestohlen wurden? Es war ihm nicht verborgen geblieben, dass Sebald manchmal ohne ihn unterwegs war, um Kranke zu besuchen und auf Verstorbene einen letzten Blick zu richten. Aber war es möglich, dass er in die Häuser trat, um dort Geld und Schmuck an sich zu nehmen? Er merkte, wie sein Herz vor Erregung lauter zu schlagen begann.

Sebald bemerkte die Blicke des Freundes, doch er sagte nichts dazu. Er drängte zum Aufbruch. Sie legten sich ihre Mäntel um und verließen das Haus. Inzwischen hatten sie schon einige Male Eiterbeulen aufgeschnitten und waren neugierig, ob die Gabe des Theriaks aus Salzburg die erhoffte Wirkung zeigen würde.

»Wir müssen genau Buch führen! Wenn ich nicht alles akkurat aufschreibe, dann kann ich keine Ableitungen treffen. Mein Vater macht das auch so. So kann er in ruhigen Stunden die Fälle besser studieren.«

Die Krankenbesuche waren ernüchternd. Zwei Patienten hatten bereits ihr Leben ausgehaucht, als die Bader eintrafen. Es gab nichts weiter zu tun, als zur Luftreinigung zu mahnen und den Familien einzuschärfen, sich nur ja nicht unter das gesunde Volk zu wagen. Die Kranken bekamen Theriak, Tee und Brot.

Zum Schluss ihres Rundgangs kamen sie an das kleine Anwesen des Schnitzers. Simon lauschte schon von der Ferne, ob er auch diesmal ein Flötenspiel zu hören bekam, doch das Haus lag still. Aus dem Kamin stieg eine dünne weiße Rauchsäule. Die Sonne spiegelte sich auf dem Wasser im Brunnentrog und blendete, als sie über den kleinen Vorhof gingen. Sie spähten durch die offene Tür in die Werkstatt hinein. In eine Decke gehüllt saß der alte Schnitzer ganz nah an seinem Altar und gab dem Sohn leise Anweisungen für die Handgriffe. Als der Junge den Besuch wahrnahm, sprang er auf und strahlte.

»Seht ihn euch an! Ich meine den Vater. Er sitzt da und kommandiert mich. Danke, Ihr Baderleut! Ich danke euch so sehr!«

Simon war sehr glücklich über diesen Erfolg. Er griff sich ein Dreibein und ließ sich vor dem kranken Schnitzer darauf nieder. Dessen Augen lagen noch immer tief in den Höhlen und glänzten von des Fiebers Hitze. Zuerst fasste er die alte, fleckige Hand und fühlte den Puls. Schwach und schnell pumpte das Herz das Blut durch die Adern. Die dunklen Flecken waren unverändert, aber es hatten sich keine Beulen an Hals und Achseln ausgebildet. Er sah noch immer sehr krank aus. Zumindest hatte sich die Mattigkeit ein wenig verbessert, und das beurteilten die Bader gegenwärtig als den größten erkennbaren Erfolg. Sie gaben ihm Theriak und einen Beutel mit Sebalds Heiltee.

»Es ist der Altar!«, bemerkte der Sohn geheimnisvoll. »Er weiß, dass er ihn vollenden muss.«

»Ja, ich muss …«, hauchte der alte Schnitzer leise.

»Die Arbeit wird ihm nicht schaden – im Gegenteil. Sie wird ihn seinem Körper alle erdenklichen Kräfte aufbieten.«

Bruder Bartl war zur Nachtwache eingeteilt. Der Müller, bei dem er sein Bettlager hatte und der ihn aushielt, war ungehalten deswegen. Er wollte auf den Kauz nicht verzichten, der für ihn die Säcke trug und schwere Arbeit verrichtete, der ihm einen Großteil der Fische abgab, die er unten im Bach fing, und der ihm diente, nach bestem Geschick. Der Müller hatte böse mit ihm geschimpft. In diesen Tagen aber bestimmte der Kämmerer über den Dienst des seltsamen Mönchs. Für einen wie ihn, der die geschäftigen Stunden des Tages scheute, gab es auch des Nachts sinnvolle Arbeit, und die Menschen brauchten nicht in sein hässliches Gesicht sehen. Bruder Bartl konnte den Nachtwächter ablösen und zwischendurch, beim Licht einer Laterne, die neuen Gruben ausheben. Sein letzter Dienst am Morgen sollte schließlich darin bestehen, mit dem Gerberknecht die Toten aus den Häusern zu holen und ins Leichenhaus zu bringen.

Die Sommernächte liebte er sehr, denn sie waren warm und lebendig. Überall galt es, Geräusche zu hören und ihre Ursachen zu erraten. Das Rascheln am Boden, die Rufe der Tiere vom nahen Wald, das Rauschen der Bäume, und vieles mehr. Er staunte über die Sternenpracht am Himmel und über die lautlos flatternden Fledermäuse, die manches Mal nur um Haaresbreite an seinem Kopf vorbeisausten. All dies war ihm eine riesige Freude – nur die Menschen erschreckten ihn. Er verstand sie nicht und fürchtete sie, obwohl er in der Dunkelheit durch die Straßen schlich und um aller Wohl bedacht war. Es gab eine Sehnsucht in ihm nach Freundschaft, aber die Scham ob seiner Entstelltheit und das Misstrauen gegenüber jedermann hatten ihn in die Abgeschiedenheit der Nacht getrieben.

Es war längst nach Mitternacht, als Bruder Bartl einen kleinen Abstecher machte, und sich in einen Bauernhof schlich, der am oberen Ortsende, in zweiter Reihe hinter der Marktzeile lag. Aus dem Stall drang das schwere Atmen der Ochsen. Neben dem Gebäude hockte er sich barfuß am Rand des Misthaufens nieder und wühlte beim Schein seiner Laterne im Dung. Er hatte es auf Würmer abgesehen, die er als Köder zum Angeln verwendete. Einen nach dem anderen fieselte er aus dem Mist und steckte sie in einen kleinen Beutel.

Plötzlich aber schreckte er auf. Zu den Gerüchen der Rindviecher und dem Misthaufen mischte sich eine andere, unheilvolle Note. Bartl streckte den Hals und sein entstellter Schädel glänzte im Mondschein. Er sog die Luft durch seine breiten Nasenflügel, sprang beunruhigt auf und reckte die Nase in die leichte Brise, die durch die Blätter der Birke neben ihm strich. Wo kam das nur her? Er spürte, wie das Pochen seines Herzens anschwoll. Schnell lief er den Weg hinauf auf die Marktstraße und dort sprangen seine Augen von einer Fassade zur nächsten. Da sah er es! Ein heller Schein schlug aus einem Fenster. Es war das Haus des Isidor Brauneis, des oberen Bräus. Schon wieder ein Unglück für den armen Mann! Dem Wirt und Bierbräu waren Frau und Kind gestorben und er selbst lag im Fieber. Jetzt brannte sein Wohnhaus. Bartl schlug die Nachtglocke an. Das Schellen zerriss die Stille und schon bald würden Männer mit Holzkübeln aus den Häusern laufen, um zu helfen.

»Feuer beim Bräu! Feuer beim Isidor!«, schrie er, so laut er nur konnte, und hetzte dann dem Hause zu. »Feuer! Feuer beim Bräu!« Er erreichte das Haus und stand einen Moment ratlos. Der Bräu selbst und seine Schwiegermutter mussten darinnen sein.

Für ihn galt es nicht, zu löschen, sondern Leben zu retten. So sehr er auch das Feuer fürchtete, er hatte in diesem Moment keine Wahl. Er riss die unversperrte Haustür auf, sprang am Ende der Diele die Treppe hinauf zu den Schlafkammern. Zuerst öffnete er die Tür zu dem brennenden Raum, wo er den Feuerschein von der Straße aus entdeckt hatte. Es war die Kammer der Eheleute. Das Bett, in dem der Mann lag, stand in Flammen. Bartl sah sofort, dass er tot war. Er erkannte die Merkmale des Fiebers, doch schien der Mann nicht daran gestorben zu sein. Mit Schrecken starrte er auf eine klaffende Wunde auf der Stirn. Dem Bräu war der Schädel eingeschlagen. Bartl fuhr erschrocken zurück. Weißer Rauch brannte ihm in den Lungen und Augen. Neben dem Bett stand ein großer Eichenkasten. Darin hatte jemand gewühlt und Leinen lag auf dem Fußboden. Bartl riss den Toten aus dem Bett und schleifte ihn hinaus vor die Tür. Eine weitere Kammer war leer. Zwei leere Betten, in denen in der guten Zeit die drei Kinder geschlafen hatten. Die letzte Kammer fand er ebenfalls verwüstet. Hier war ein Feuer angezündet worden, aber es war wieder ausgegangen. Es stand zwar Rauch unter der niedrigen Decke des Raums, doch das alte Laken, auf dem ein Kienspan lag, glimmte und rauchte nur vor sich hin. Vielleicht hatte Bartl den Räuber überrascht und durch sein Feuerläuten vertrieben. Die Schwiegermutter des Bräus lag hier neben ihrem Bett, ebenfalls erschlagen. Bartl zögerte nicht. Er packte sie an den Schultern und schleifte sie die Holztreppe hinunter und hinaus in den Vorgarten. Dorthin schleppte er auch die Leiche des Bräus. Was für ein Elend. Als er damit aus dem Haus kam, standen zwei Männer mit offenen Mäulern vor dem Zaun und wussten nicht, was sie tun sollten.

»Jetzt schöpfts halt! Vielleicht ist das Haus zu retten!«, schrie er sie an.

Immer mehr Männer kamen, aber keiner von ihnen wollte das Seuchenhaus betreten. Sie bildeten eine Kette, schöpften Wasser am Hausbrunnen, und schütteten von außen auf das Haus, um ein Überspringen des Feuers auf das Nachbargebäude zu verhindern.

Bartl floh vor den Fragen der aufgebrachten Menschen.

Die Versammlung der Christengemeinde zur Sonntagsmesse bot ein trauriges Bild. Mehr als die Hälfte der Plätze blieb leer. Viele waren gestorben, andere lagen danieder und Familienangehörige der Kranken verließen das Haus nicht mehr. Wer hätte diese große Kümmernis voraussagen wollen?

Der Vikar sah mitleidig durch die Reihen. Als er die Stufen zur Kanzel hinaufstieg, waren seine Schritte schleppend und matt.

In ergriffenem Tonfall klagte er über die vielen Opfer des Fiebers. Simbach ward nicht verschont. Alle weltliche Mühe erfolglos. Dies sei auch nicht verwunderlich. Denn den Kampf gegen die Krankheit zu führen sei eben eine Sache, die mit den Waffen des Geistes geführt werden müsse. Aber, anstatt wie Hiob in Demut zu fasten und das Haupt mit Asche zu bedecken, sehe er bei seinen Simbacher Brüdern und Schwestern Verrohung und Verhärtung. Menschen, die nur mehr ihren eigenen Interessen nachgingen und das Leben zu prassen suchten, solange es möglich war. Aus dem Elend der Fiebernden sannen verachtenswerte Verbrecher sich zu bereichern. Raub und kaltblütiger Mord und Brandstiftung seien zu beklagen. Es wären die Dämonen der Unterwelt am Werk, die im Verderben die totale Zerstörung suchten.

»Es ist abscheulich, meine lieben Brüder und Schwestern. Ihr dürft das nicht dulden! Seid wachsam, und stellt euch gegen die Mörder und gegen die schäbigen Diebe, die das Elend der Todgeweihten ausnutzen, um sich zu bereichern! Und seid wachsam gegen die Todbringer! Die ihr den Herrn liebet, hasset das Arge!«, zitierte er einen Psalter.

»Lasst das Böse nicht zu, denn es vergiftet eure Seelen. Schaut nicht weg, sondern ermahnt euch gegenseitig. Berauscht euch nicht weiter maßlos am Wein, denn die Gelüste beschmutzen eure Seelen.« Der Vikar schlug mit der Hand gegen das Geländer, dann stützte er sich theatralisch darauf, schloss die Augen und hielt mit gesenktem Kopf eine Pause. Alle Aufmerksamkeit war auf ihn gerichtet, denn es war offensichtlich, dass er mit seinen Worten noch nicht zu Ende gekommen war. Mit zunächst leiser Stimme hob er ein weiteres Thema an, indem er wieder aus der Heiligen Schrift rezitierte.

»Ich ermahne euch aber, Brüder und Schwestern, dass ihr auf die achtet, die Zwietracht und Ärgernis anrichten entgegen der Lehre, die ihr gelernt habt.«

Alle Augen blickten auf den Mann auf der Kanzel, denn noch konnten sie nicht begreifen, was er ausdrücken wollte. Eine böse Grimasse zeichnete Falten auf seine Stirn und dann schrie er plötzlich in die Menge, dass den Kirchenbesuchern ein Schauer über den Buckel lief.

»Die falsche Lehre brachte Krieg und Zerstörung über unser Land. Ich bin wie viele von euch in die Kriegswirren hineingeboren und Gott sei Dank haben wir sie überlebt! Die Marter durch den schwedischen Feind und die Plünderungen durch die eigenen Soldaten, die ihren Hunger an unserem Vorrat stillten, haben wir endlich hinter uns gebracht.«

Der Vikar hob dabei die Hand und drückte eine feste Faust.

»Ich ermahne euch gegen die falsche Lehre. Habt ihr es denn nicht bemerkt?«

Alle Anwesenden stutzten.

»Habt ihr es denn nicht bemerkt, dass der dämonische Geist – der lutherische, der lumperische Geist wieder in unsere Häuser schleicht? Es ist der Teufel, und er ist es, der das Fieber vor sich hertreibt.«

Simon spürte bei diesen Worten eine seltsame, bedrohliche Vorahnung. Er zog sich am Kragen und wischte sich den Schweiß von der Stirn. Was hatte das nur zu bedeuten?

»Habt ihr in diesen Nächten nicht auch eine seltsame Musik gehört? Vielleicht habt ihr sie gehört, aber nicht erkannt?«

Die Musik? Natürlich hatten viele von ihnen in den Nachtstunden die ungewöhnliche Musik gehört, doch was hatte das mit dem Fieber zu tun? Wollte der Vikar nun jegliche Weltlichkeit verteufeln? Die Zuhörer konnten sich noch keinen Reim auf die Rede des Geistlichen machen.

»Gerade als das Sterbeglöckchen den Verlust eines geliebten Menschen kundtat, drang die Melodie der Ketzer an mein Ohr. Bin ich denn der Einzige, der es erkannt hat?«

Wieder herrschte verständnislose Stille, als der Vikar seinen Blick fragend über die Gesichter schweifen ließ.

»Es war das Lutherlied! Die Schalmei hat das Lutherlied geblasen. Ein Knecht des Teufels bläst sein Gift gegen euch! Lasst euch also nicht täuschen, seid wachsam und achtet auf die, die Ärgernis anrichten entgegen unserer Lehre!«

Ohne weitere Ausführung schloss der Vikar seine Predigt mit einem ‚Amen' und durchbohrte Simon mit einem eisigen Blick.

Otts Gaststube war noch leer. Es roch nach kaltem Tabaksrauch und einer Spur Essig. Nur Ott und sein Knecht saßen auf der Eckbank am Fenster und sprachen über die seltsame Predigt des Vikars. Nach der Messe hatten sie schleunigst den Weg nach Hause eingeschlagen, um jeglicher Konfrontation aus dem Weg zu gehen. Sie hatten keine Ahnung, wer bereits davon wusste, dass Simon, unter ihrem Dach, der heimliche Schalmeienspieler war. Eine üble Sache. Wie kam der junge Mann nur darauf, ketzerische Musik zu spielen? Aber auch den Vikar konnten sie nicht verstehen. Der ging doch bei ihnen ein und aus. Warum hatte er nicht das Maul aufgemacht? Im Vertrauen! Warum musste er eine öffentliche Anklage daraus machen? Es würde ein schlechtes Licht auf den Bräu werfen und einen weiteren Verlust für sein Geschäft bedeuten.

Nach einer Weile stand plötzlich Sebald im Türstock. Sein Blick war finster, als er die beiden alten Männer an ihrem Stammplatz sitzen sah.

»Wo ist Simon? Ich muss sofort mit ihm reden.«

Ott und Martl sahen ihn betreten an. Der Bräu rieb sich die Bartstoppeln.

»Ich meine, er ist hinten bei seinem Pferd«, antwortete Ott. »Soll ich ihn rufen?«

»Nein danke, bleib nur sitzen. Ich finde ihn schon. Ich will mit ihm allein sein.«

Er trat hinaus in die dunkle Diele und öffnete die hintere Haustür. Der Hof lag still, sein Herz aber schlug aufgebracht. Dass Simon ein Lutherischer wäre, das schien ihm abwegig, nach allem was er von ihm wusste. Sei es drum. Diese Wende kam ihm nicht ungelegen. Mit seinem neuen Wundermittel, das offensichtlich unwirksam war, hatte Simon sich vor den Räten wichtig gemacht. Ihm, dem Bader mit seinen Mitteln, war dabei regelrecht Geringschätzung entgegengeschlagen. Sollte er doch zurückgehen und sein Glück in der Stadt versuchen. Hier brauchte er ihn nicht. Bei jeder Untersuchung spielte er sich auf und machte sich wichtig mit seinen Diagnosen. Ein Bucharzt, dem schließlich doch davor grauste, wenn es darum ging, ins Fleisch zu schneiden. Simon war der ketzerische Musikant. Er konnte mit ihm nicht mehr zusammenarbeiten. Außerdem war Simon ihm in den Häusern der Fieberkranken im Weg und drauf und dran, sein Geheimnis zu lüften. Längst war dem Bader der Tod der Kranken gewinnträchtiger als deren Heilung. Die Goldstücke und Broschen, die er an sich nahm, sollten ihm Lohn dafür sein, dass er sein Leben einsetzte.

Die große Stalltür stand offen. Als er nähertrat, hörte er eine Stimme aus dem Inneren, ein Schluchzen.

Vorsichtig streckte er den Kopf hinein. Neben dem Ziegenverschlag, hinter einem Holzpfosten lehnte Simon und hielt Magdalin in seinen Armen. Beide standen ihm abgewandt und konnten ihn nicht sehen. Der Bader fühlte, wie er vor Zorn und Entsetzen kochte.

Dieser dahergelaufene Hanswurst hatte ihm nicht nur sein Ansehen als Heilkundigen, sondern obendrein die Liebe zu der hübschen Magdalin zerstört!

»Lass uns abwarten, meine Liebste«, hörte er Simon sprechen »vielleicht ist schnell wieder alles vergessen, wenn ich nur die Schalmei nicht mehr spiele. Es sind so furchtbare Zeiten. Wer kann da schon wissen, was morgen sein wird? Nur in dem einen bin ich mir gewiss, dass ich dich nicht mehr hergeben will!«

»Ach, Simon, mein Herz gehört dir immerfort. Aber du weißt doch, dass ich meinen Vater nicht im Stich lassen kann.«

»Es wird eine Lösung geben, Magdalin, vertraue mir!«

Tief verletzt stand Sebald im Türrahmen. Dieses Luder war vor kurzem noch in seinem Arm gelegen, und er wollte Ott um die Hand der Tochter bitten, sobald all die Wirrungen überstanden wären. Der Physikus war ihm zuvorgekommen.

Verbittert biss er die Zähne aufeinander.

»Sebald?«, rief Magdalin überrascht, als sie sich von ihrem Geliebten löste und den Mann in der Tür entdeckte.

Sebald stand mit geballten Fäusten.

»Das werdet ihr mir büßen!«, schrie er ihnen in abgehackten Worten entgegen, dann drehte er sich auf dem Absatz um und stapfte mit harten Schritten über den Hof davon.

Die Liebenden standen wie angewurzelt, dann begann Magdalin wieder verzweifelt zu weinen.

»Was geschieht nur mit uns?«, jammerte sie mit erstickter Stimme.

Beim unteren Bräu ‚Zum roten Ochsen' versammelte sich zum Abend ein aufgebrachter Haufen von trinkfreudigen Kerlen. Durch die offenen Fenster drang der Lärm auf die Straße und war weit zu hören. Das alte Wirtshaus am Ortseingang war ein wenig verrufen, denn die Sitten waren dort roher als in den anderen Häusern, das Bier nicht immer von gleicher Güte, aber ein klein wenig billiger. Seine Gäste nahmen keine Notiz davon, dass die Einrichtung abgegriffen und ohne jegliche Zier war. Die Wirtin war ein garstiges dürres Weib mit einem frechen Mundwerk, das nicht viele Zähne brauchte, um mit randalierenden Trunkenbolden fertigzuwerden. Die Stimmung war zum Zerreißen. Etwa vierzig Mann verteilten sich auf die wenigen Tische in dem finsteren Loch. Sebald befeuerte die empörten Diskussionen um Verdächtigung und Schuldzuweisung, und zum richtigen Zeitpunkt riss er die Aufmerksamkeit an sich, um seinen teuflischen Plan auszuführen.

»Seht euch das Elend an, wie das Fieber unsere Familien schlachtet!«, schrie er in die Runde.

Sebald war aufgesprungen und hatte sich am Kamin platziert, wo ihn alle gut sehen konnten.

»Männer, wir müssen die Sache endlich in die Hand nehmen. Gott sei Dank hat uns der Vikarius heute die Augen geöffnet. Das Ketzerische hat sich wieder eingeschlichen, und mit ihm ist auch das Fieber gekommen.«

Sebald riss den Krug an sich und soff das Bier, dass es ihm links und rechts über die Wangen rann. Dann holte er aus und schmetterte ihn auf den Fußboden. Ein Toben erhob sich, in dem die Empörung der Wirtin unterging.

»Das Lutherische, Lumperische hat uns unterwandert. Das dürfen wir nicht zulassen! Habt ihr das verstanden?«

Er erhob seine geballte Faust und schrie ihnen entgegen: »Wir werden es zermalmen und in den Dreck werfen!«

Der ganze Raum brüllte.

»Ich selbst wurde am allermeisten getäuscht. In meinem Haus ist der Hund aus- und eingegangen und ich habe seine vorgeschobene Freundlichkeit nicht durchschaut. Heute ist es mir wie Schuppen von den Augen gefallen. Überlegt selbst! Waren wir nicht alle gesund bis zu dem Tag, als sich unser Herr Kämmerer hat blenden lassen von einem fremden Herrn auf einem stolzen Hengst. Ich selbst habe ihn nach seiner Einquartierung gleich zweimal am Brunnen angetroffen. Und ich sage euch: Das Wasser ist vergiftet! Seit er bei uns lebt, gibt es Brandstiftung und Mord, und das ketzerisch Lied auf der Schalmei spielt der Physikus aus Salzburg!«

»Hängen soll er!«, blökte endlich ein alter Knecht, und es folgte ein zustimmendes Gegröle aus allen Kehlen.

»Der Vikarius hat es uns aufgetan: Er ist der Teufel!«, schrie Sebald.

»Er muss hängen!«

»Männer, wir haben zu lange zugesehen, und der Kämmerer wird uns mit seinen Weisungen keine Hilfe sein, bis wir alle verreckt in der Gosse liegen. Wollt ihr mit mir handeln?«

Wieder schrien alle. Er langte nach einem frischen Krug Bier, den die Wirtin auf dem Nebentisch abgestellt hatte und schrie ihnen zu: »Dann sauft mit mir und kommt! Wir holen ihn uns jetzt!«

Minuten später zog die Meute hinauf auf den Marktplatz. Die Bauern, die Holzknechte und Handwerker, in zerrissenen Hosen und Holzschuhen an den Füßen, auch der Metzger und mehrere halbseidene Gestalten. Etliche hatten sich mit Messern, Heugabeln und Knüppeln bewaffnet. Was ihnen im Roten Ochsen und auf dem Weg zugelangt wurde, reichte allemal, um den Ketzer umzubringen.

Die wilde Schar erreichte Otts Haus und sie schrieen nach dem Physikus. Ott, der in der Gaststube zu Tode erschrocken das Spektakel von draußen hörte, blickte ängstlich durch die Fensterscheibe. Er wusste nicht recht, was er tun sollte. Schließlich öffnete er das Fenster und rief ihnen entgegen: »Was ist denn los? Seid ihr närrisch geworden?«

»Wir wollen den Physikus holen, gib ihn heraus!«

Ott war sofort klar, dass sie ihm ans Leder wollten. Er bebte vor Angst, versuchte aber, dies nicht zu zeigen.

»Verschwindet von hier! Wenn ihr eine Anklage habt, dann geht damit zum Kämmerer, der wird das schon richten!«

»Wir richten ihn, den Hund. Gib ihn heraus!«, forderte Sebald.

Ott schlug das Fenster zu. Gleich darauf splitterte die Fensterscheibe. Der Knüppel, der durch das Glas schoss, verfehlte nur knapp sein breites Gesicht. Splitter trafen ihn, und wie er im Affekt mit dem Handrücken danach wischte, schnitt er sich in die Wange. Dem feisten Wirt ging der Gaul durch. Er griff nach einem Schemel und wetzte nach draußen. Gerade als er vor die Haustür trat, sah er einen Lumpen das andere Fenster zerstoßen. Schreiend holte er aus und zog dem Kerl den Schemel über den Kopf, dass dieser zu Boden ging. Wie ein wütender Stier schnaubte Ott und drohte der Menge mit seiner Waffe.

»Wir wollen nur den ketzerischen Salzburger! Gib ihn heraus, oder wir holen ihn uns!«, rief der Metzger.

»Ich habe es euch gesagt: Geht zum Kämmerer! Solange ich hier stehe, betritt niemand mein Haus!«

Schweigen folgte. Den kräftigen Wirt wollte keiner angreifen. Mit gefletschten Zähnen und blutig verschmierter Wange ging sein Blick durch die Reihen. Sebald, der vorneweg stand, kochte vor Wut. Sollte es das gewesen sein? Plötzlich spürte er von hinten etwas Hartes in seine Seite drücken. Er nahm es und hielt es unbemerkt hinter seinem Rücken.

Allmählich wurden Otts tiefe Atemzüge flacher und Zuversicht wuchs in ihm. Gott sei Dank hatte er es geschafft. Langsam senkte er den Schemel. Er konnte beobachten, wie sich auch die Waffen der Männer, die Heugabeln und Knüppel senkten. Ein Gefühl der Trauer stieg in ihm hoch, als sein Blick von einem zum anderen der bekannten Gesichter hüpfte. Lumpengesindel da und dort, aber auch gute Christenmenschen, Nachbarn und gute Bekannte waren darunter. Bewaffnet mit Spießen und Stecken standen sie gegen ihn, dem das alles überhaupt nicht galt.

»Geht weg!«, schnappte er.

Ott wiegte noch immer den Schemel in seiner Rechten, ging langsam einen Schritt rückwärts, dann drehte er sich zur Haustür um.

Im selben Moment, als er die Schwelle erreichte, durchbohrte eine scharfe Seitschwertklinge sein Kreuz.

Einige Sekunden stand Ott unbeweglich und stöhnte nur leise. Erst als Sebald das Schwert aus dem Körper herauszog, fiel er mit aufgerissenen Augen bäuchlings nach vorn und schlug mit dem Kopf laut auf den Steinboden auf. Das Blut, das aus der Wunde drang, färbte das Wams des mutigen Wirts, der feige von hinten erstochen lag. Ein wenig noch zuckte sein linkes Bein, dann lag er schlaff. Aus dem Inneren des Hauses war kreischendes Geschrei der Tochter zu hören, die sich nach hinten in den Hof flüchtete.

Mit erhobenem Schwert drehte sich Sebald schnaubend zu seinen Männern um. Die untergehende Sonne strahlte orangegelbes Licht und ließ die blutige Klinge glänzen. Nach diesem unglücklichen Opfer gab es für den Bader kein Zurück, und er durfte keinerlei Zweifel aufkommen lassen.

»Tod dem Ketzer und allen seinen Teufelsknechten! Wer nicht mit uns ist, der ist gegen uns!«, brüllte er. »Heute rechnen wir mit diesem Haus ab. Es ist der Pfuhl des Verderbens! Zur Hölle mit den Ketzern!«

Die Meute stürmte in das Haus. Sie sprangen über Ott hinweg, der schwer atmend Luft in seine Lungen sog, bis ihn weitere Dolchstiche tödlich durchbohrten. In alle Zimmer drangen die Männer, doch weder in den Wirtschaftsräumen, noch in den Kammern im Obergeschoss konnnten sie den Schalmeienspieler finden.

Im Stall hantierte derweil Simon hustend am Zaumzeug. Er hatte den Sattel auf den Rücken des schwitzenden Hengstes geworfen, der nervös hin und her tänzelte. Simon klopfte das Herz bis in den Hals und er zitterte so sehr, dass er nicht in der Lage war, die Schnallen der Lederriemen zu schließen. Vom Haus hörte er das Gebrüll der Mörder. Verzweifelt flehte er stumm zu seinem Heiland.

Jesus! Jesus, mein Retter! Jetzt ist die Stunde, in der ich deine Hilfe brauche – hier auf Erden. Ich flehe zu dir und bitte dich: Wenn du mich gebrauchen kannst, dann will ich mein Schicksal in deine Hand werfen.

Ich gehöre dir! Bitte, bitte, wenn du mich gebrauchen willst, dann hol Magdalin und mich hier raus!

Und er schrie ein lautes ‚Amen'.

Indes hüpfte Magdalin hysterisch von seiner Seite zum Stalltor und zurück. Auch ihr war die Todesangst ins Gesicht geschrieben. Sie heulte, als sie wieder neben ihm stand.

»Nur er ist mein Fels, meine Rettung, meine sichere Burg.«

»Was?«, fragte Simon überrascht.

»Wie sollte ich da stürzen?«

»Was?«

»Wie sollte ich stürzen?«, schrie sie ihn an.

Simon packte die Frau an den Oberarmen und schüttelte sie.

»Was sagst du denn da, Magdalin?«

Magdalin weinte hysterisch. Sie hatte in einer Vision gesprochen und wusste nicht, woher das gekommen war.

Plötzlich durchströmte Simon ein warmes Gefühl, und alle Eindrücke um ihn herum schienen zu verblassen. Er blickte in das verzweifelte Gesicht seiner Geliebten und war plötzlich in der Lage, ihr ein tröstendes Lächeln zu schenken. Simon schloss einen Moment die Augen, dann sah er sich selbst wie in Zeitlupe hantieren und die richtigen Entscheidungen treffen. Er richtete sich auf, beugte sich ein wenig und führte den Lederriemen mit sicherer Hand durch die Schnalle, zog den Sattel fest und löste die Zügel vom Querholz. Er hieß Magdalin auf den Granittrog am Mittelgang des Stalles steigen, dann führte er das Pferd aus der Bucht. Die wütenden Stimmen der Verfolger, die inzwischen auf den Hof hinaus und zum Stall herüber schallten, nahm Simon nicht wahr. Sein Tunnelblick ließ ihn ausschließlich nur die Dinge erkennen, die in den gegenwärtigen Sekunden wichtig waren. Er trat auf den Steigbügel und schwang sich in den Sattel, schlang sich die Tasche über die rechte Schulter. Er reichte Magdalin die linke Hand und zog sie vom Wassertrog zu sich auf den Rücken des Schwarzen.

Als sie geduckt durch die hohe Stalltür ritten, stürmten die Männer über den Hof. Mit dem Hinaustreten aus dem Stall war Simon in die reale Welt zurückgekehrt. Alle Geräusche drangen wieder an sein Ohr. Das Gebrüll der Mörder, das Schluchzen Magdalins, das Schnauben des Pferdes und das Pochen seines eigenen Herzens. Simon erschrak ebenso wie der Hengst, der wiehernd seitwärts trat, doch Simon hielt die Zügel fest und lenkte ihn zum Torbogen zur Straße.

»Halt! Haltet sie!«, schrie der Bader. Ein Spieß flog und rutschte unter die Hinterhufe, doch er blieb ohne Wirkung.

»Schnell, lauft ihnen nach, wir erwischen sie noch!«

Simon spürte Magdalins Arme um ihn geschlungen. Es lag an ihm, ihr Leben zu retten.

Plötzlich schossen ihm die seltsamen Verse wieder in den Kopf, die Magdalin gesprochen hatte. ‚Er ist mein Fels, meine Rettung, ich werde nicht stürzen!'

Wo kam dieses Wort nur her? War es eine Antwort auf sein Flehen? Woher sollte Magdalin dies kennen? Warum sollte es ihr in diesem Moment auf der Zunge liegen, wo sie doch ganz aufgelöst und verzweifelt war? In Gedanken sprach er zu seinem Gott.

Herrgott, was soll nur mit uns geschehen? Bitte hilf uns! Vom Leben trennt uns nur das verdammte Stück Holz des Schlagbaums. Du hast uns nicht hierher gebracht, damit wir doch noch aufgehängt werden. Unser Schicksal liegt in deinen Händen. Wo gehts nur hinaus? Ich bitte dich, zeig mir den Ausweg, in Jesu Namen!

Ohne zu überlegen, hatte er das Pferd nach rechts bergwärts zum Ortsausgang gelenkt, der viel näher war als der untere. Es war ein schwerer Fehler! Der bewachte Schlagbaum würde ihm den Ausgang versperren und daneben gab es durch die Häuserzeilen kein Entrinnen. Die Hinterhöfe hier kannte er zu wenig, als dass er von dort ein sicheres Entfliehen vorhersagen konnte. Die Zufahrten konnten ihn in eine Falle führen. Vor ihm lag die geschlossene Schranke, bewacht von einem Mann mit einer Hellebarde, und zur Rechten die neue Kapelle, die noch auf ihren Altar wartete. Der Schnitzer würde gesund werden und der Heilige Sebastian einen prunkvollen Altar bekommen. Simon musste an die Schalmei denken, die er bei der Flucht in die Tasche gesteckt hatte. Sie war ihm ohne Absicht zum Verhängnis geworden. Er hörte auf, den Hengst anzutreiben. Die johlende Meute rückte näher. Sollte er wenden und versuchen, die angreifende Linie zu durchbrechen. Angesichts der Gabeln und Spieße traute er es sich nicht zu.

Simon sah nur einen Ausweg. Er musste versuchen, mit seinem Hengst über den Schlagbaum zu springen. Sein Verstand wehrte sich gegen diese Idee. Noch nie war er über ein erhöhtes Hindernis gesprungen. Noch nie war er mit einem zweiten Reiter gesprungen. Zwei Möglichkeiten. Er musste sich entscheiden. Magdalin klammerte sich so fest an ihn, dass ihm beinahe die Luft wegblieb.

Sebald und seine Männer waren herangekommen. Als Simon dem Hengst in die Seiten stieß, fehlten den Angreifern nur noch wenige Meter. Er würde springen. Laut schreiend trieb er vorwärts.

Der Schwarze jedoch scheute, er schüttelte und bremste, trat seitwärts und wieherte störrisch. Simon trat und schlug auf das Pferd, doch es war nichts zu machen. Jetzt war alles aus. Alles umsonst. Er sah sich um und blickte in das boshafte Grinsen Sebalds. In diesem Moment, verlor er wieder das Gefühl für Raum und Zeit. Er starrte in die grimmige Fratze des Baders, doch alle Furcht fiel in diesem Moment von ihm ab. Er griff das einzig Ding, das ihm als Waffe dienen konnte – die Schalmei. Das Mundstück würde er ihm wie eine Speerspitze in das Gesicht rammen.

In diesen letzten Augenblicken wollte er mutig gegen das Böse anreiten. Fest entschlossen drückte seine Faust das Instrument und er schrie laut: »Hilf mir, Gott!«

Plötzlich aber machten sie einen Satz nach vorn, sodass Magdalin um ein Haar rückwärts vom Sattel gekippt wäre. Als Simon wieder nach vorne blickte, sah er den Schlagbaum offen. Er stand offen! Sein rasender Herzschlag katapultierte ihn wieder in einen Zustand von Trance. Er trat das Pferd, er schrie und trieb es an und sie passierten den Pfahl. Simon riss den Kopf herum und suchte das Gesicht des Wachmanns, das tief in einer Kapuze versteckt lag.

Aus der alten, grauen Leinenkapuze lächelte Bruder Bartl.

Auszug aus einem Buch für medizinischen Unterricht aus dem Jahre 1711

Kapitel 10: **Präservatio – die Lufft**

Wer sich vor der Pest hüten und bewahren will/ muß vor allen Dingen die Gewissens-Cur vornehmen/ mit darauff erfolgter freudiger Zuversicht zu GOTT und Gelassenheit in allerhand zugeschickten Kreuz und Krankheiten auszuhalten. Hiernechst soll er alle verdächtige Oerter/ Personen und Haußrath meiden/ auch wohl gar bey allzugrosser Furcht sich mit der Flucht salvieren/ oder dahin bedacht seyn/ daß die Lufft/ darinnen er leben und sich auffhalten muß/ auch in denen Zimmern allezeit/ so viel als möglich/ rein und gesund erhalten werde. Dieses zu beobachten/ sind die Fenster nicht zu eröffnen/ wo die Häuser gegen Mittag und Abend liegen/ oder wann trübe/ neblichte Lufft und Regen-Wetter ist/ absonderlich/ wenn in der Nachbarschafft/ und zumahl gegen über/ inficirte Häuser sind. Solte aber ja die Noth erfordern/ woferne gute Lufft/ oder helles Wetter und kein verdächtig Hauß gegen über ist/ am füglichsten Vormittage zwischen 8. und 10. Uhren geschehen.

Nebst diesen ist in denen Häusern/ und absonderlich in bewohnten Zimmern fleißig zu räuchern/ darzu man Exempel Schwefel/ Salpeter/ Agtstein/ Weyrauch/ Jadebaum/ Raute/ Eichenlaub/ Myrrhen/ Storax/ Wacholder-Beere/ oder dergleichen Holz/ Birkene Rinde/ Zitronenschalen/ auch wohl Pech und dergleichen gebrauchen kan; Wiewohl wegen des Schwefels zu erinnern ist/ daß derselbige von denen Lungensüchtigen nicht gar starck zugebrauchen. Andere nehmen zu diesem Ende auch Bocks- und andere Hörner/ oder Klauen von Thieren/ wie auch alt Leder/ Lumpen und allerhand stinkende Sachen/ welche aber nicht ohne Ursache von vielen verworfen werden; Vielmehr kan man in Häusern/ oder auch Zimmern/ etwas Wacholder- Birken- Küfern- Büchen oder ander hart Holz anzünden und durch das helle oder Flammenfeuer dieselben reinigen; Oder man kan auch etwas von Eßige/ es sey schlechter oder Rauten-Angeliken-

oder dergleichen Eßig/ auf einen heissen Ziegelstein giessen/ und also einen Rauch machen/ zu welchen Ende auch in denen Apothecken so wohl ein gewisses Rauchpulver No. 1 als Gifft-Eßig No. 2 vor Arme und Reiche verordnet/ zubefinden/ als mit welchen die Gemächer/ auch Kleider und Betten/ täglich ein paar mahl zuberäuchern sind. Jedenoch ist der allzustarcke Rauch von Kräutern auch nicht so gar dienlich/ vielmehr kan man allhier das behutsame Anzünden des Büchsen-Pulvers/ wie auch den Toback-Lunten- oder Pappier-Rauch recommendieren. Und/ wiewohl einige/ auch allerhand üblen Geruch von Böcken/ s. v. aus Nachtstühlen oder gar Cloacken belieben/ dieweil aber durch allerhand bösen Geruch und faule Dünste/ viel Ungelegenheit entstehen kan/ so hat vielmehr ein iedweder dahin zu sehen/ daß dergleichen Materien/ nebst anderen s. b. Misthauffen/ Kehricht und dergleichen/ aus denen Häusern und Zimmern geschaffet werde/ welches auch von alten stinckenden Fleische/ Fischen und andern Eß-Wahren zu verstehen.

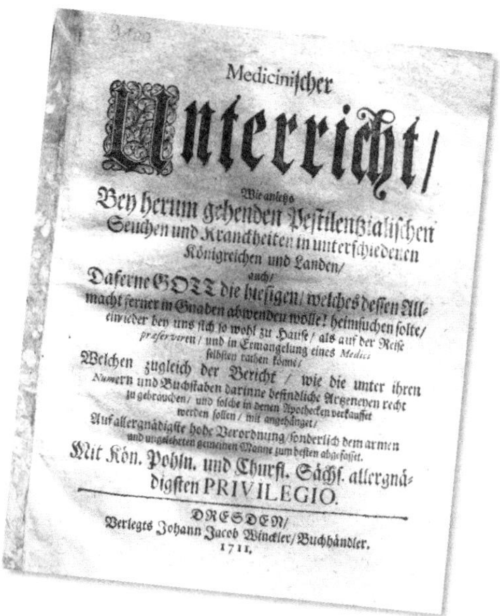
Medicinischer
Unterricht/
Wie anietzo
Bey herum gehenden Pestilentzialischen
Seuchen und Kranckheiten in unterschiedenen
Königreichen und Landen/
auch/
Daferne GOTT die hiesigen/ welches dessen All-
macht ferner in Gnaden abwenden wolle! heimsuchen solte/
ein ieder bey uns sich so wohl zu Hause/ als auf der Reise
präserviren/ und in Ermangelung eines Medici
selbsten rathen könne/
Welchen zugleich der Bericht/ wie die unter ihren
Numern und Buchstaben darinne befindliche Artzeneyen recht
zu gebrauchen/ und solche in denen Apothecken verkauffet
werden sollen/ mit angehänget/
Auf allergnädigste hohe Verordnung/ sonderlich dem armen
und ungelehrten gemeinen Manne zum besten abgefasset.
Mit Kön. Pohln. und Churfl. Sächs. allergnä-
digsten PRIVILEGIO.
DRESDEN/
Verlegts Johann Jacob Winckler/ Buchhändler.
1711.

Fred Haller wurde 1967 geboren. Er wuchs in einem sehr überschaubaren Dorf in Niederbayern auf und wählte eine technische Berufslaufbahn. Erst über Umwege kam er zu seiner heutigen Passion, dem Schreiben. Er entdeckte die Liebe zur bayerischen Literatur und begann, selbst Geschichten zu verfassen. Dabei blickt er seinen Figuren gerne tief in die Seele. Oberflächlichkeit liegt ihm nicht. Sein historischer Roman „Die Saumatz“ und zwei Werke über die „Matzöder Räuber“ finden große Beachtung. Freie Zeit verbringt er gern im Grünen, beim Kochen oder beim Entdecken der unerschöpflichen Möglichkeiten, die das Leben bietet. Er lebt mit seiner Frau im Rottal.